不実在探偵《アリス・シュレディンガー》の推理

井上悠宇
Inoue Yuu

講談社

不実在探偵《アリス・シュレディンガー》の推理

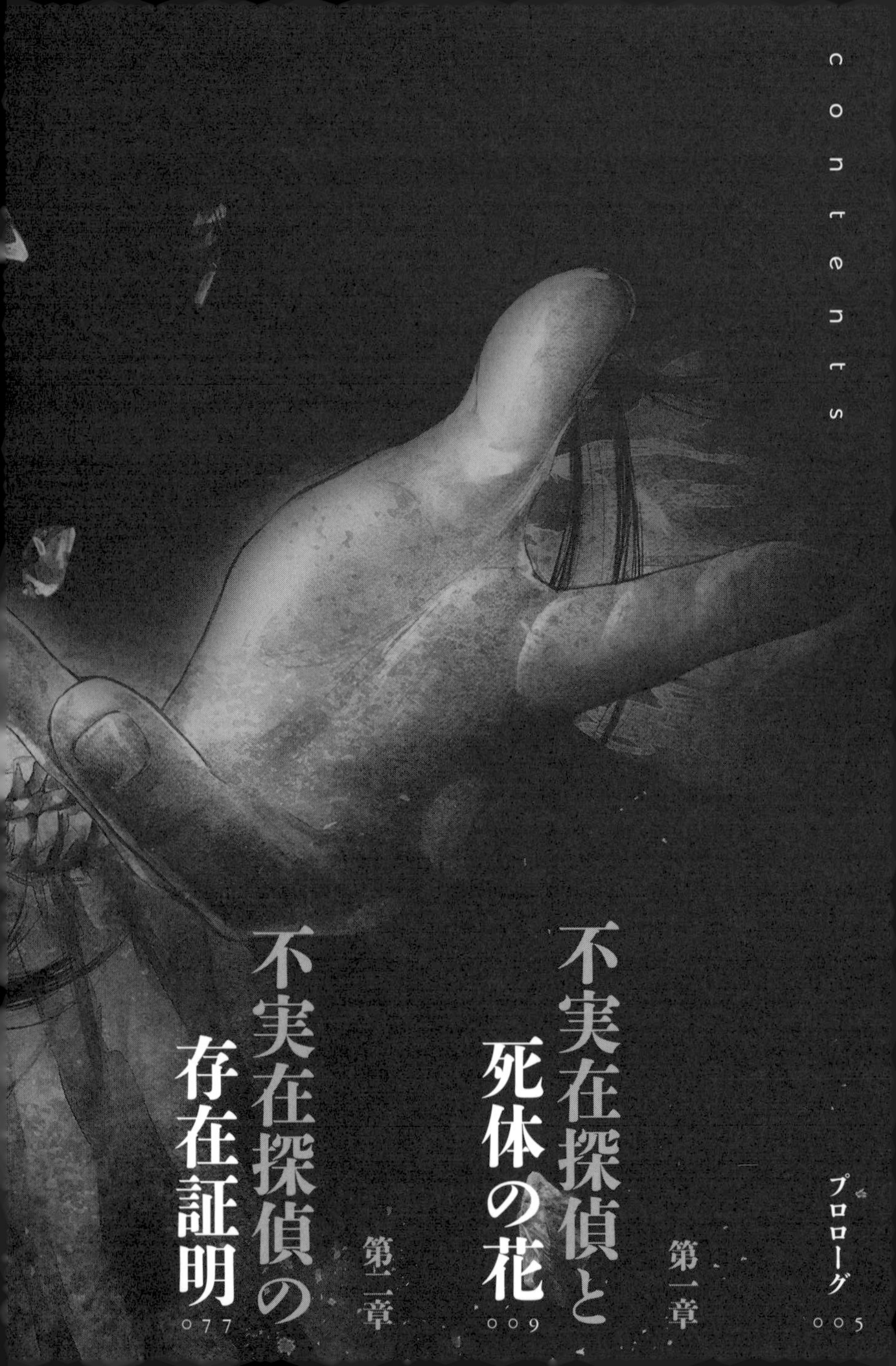

contents

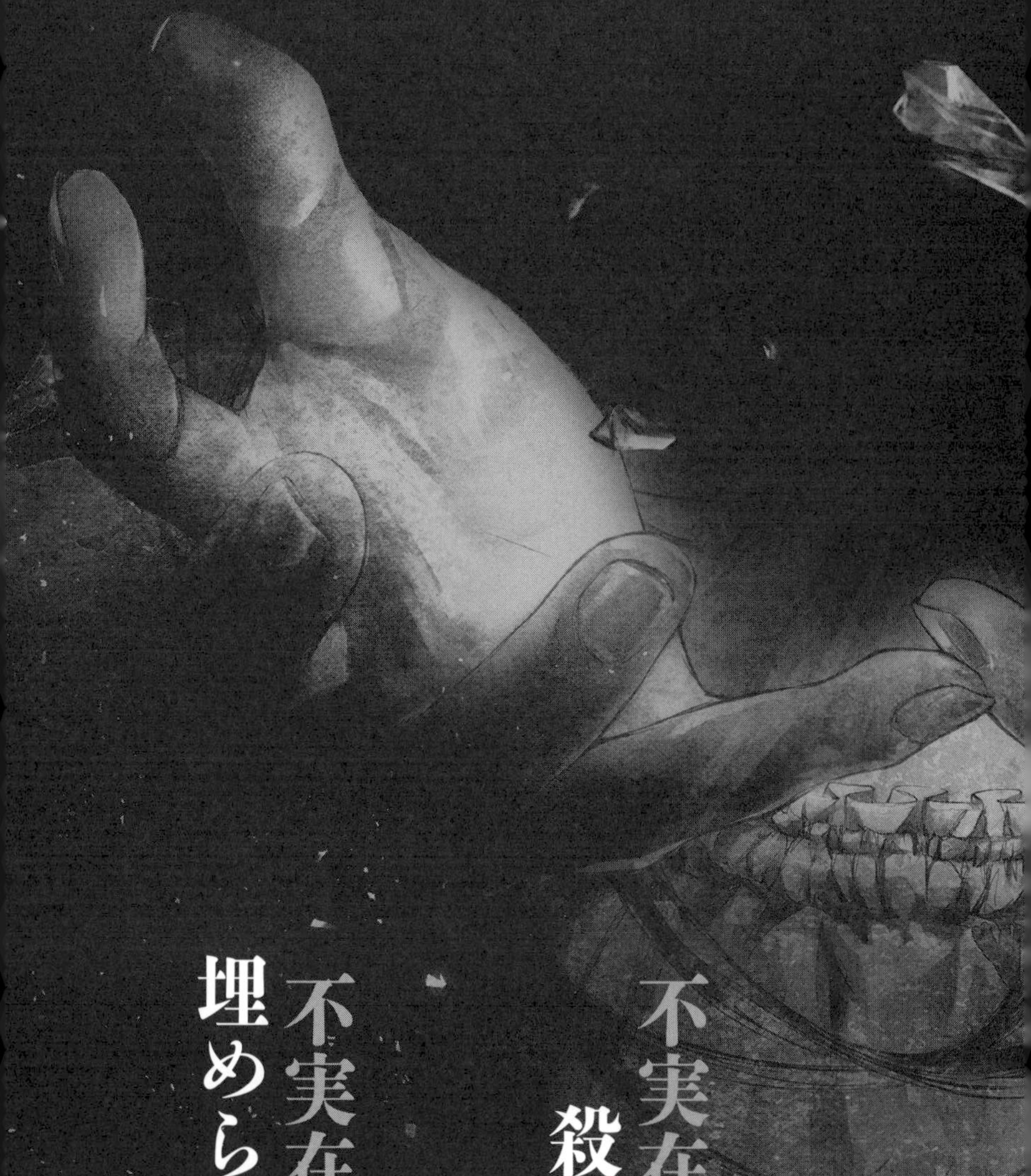

装幀　坂野公一
装画　遠田志帆

プロローグ

空を漂う巨大クラゲを見たことがあるだろうか？


幼い頃に、僕は見たことがある。

傘のような半球があり、その中央からは帯のような口腕《こうわん》が、傘の縁からは細く長い触手が無数に垂れている。そんな空飛ぶ巨大クラゲは足元の、僕が通う幼稚園の建物を覆い隠せるくらい大きかった。まるで海を泳ぐかのように空中をふわふわと漂う巨大クラゲの身体は透明で、青空が透けて見えた。

「そらにおっきなくらげがいる！」

思わず指をさすと、近くにいた男の子が空を見上げて言う。

「……いないじゃん！　うそつき！」

彼の言葉通り、先ほどまで確かにいた巨大クラゲは忽然と姿を消していた。

しかしながら、僕はそのようなものをよく見る子供だった。

たとえば、レストランでニンジンを齧る馬の頭部を持つ馬人間や、開いた窓の隙間から舞い込んできた妖精。それらは僕にしか見えず、誰かに「そんなものいない」と否定されれば、すぐに姿を消した。何をするでも、何をされるでもなく、それらは僕の実生活に当たり前のような顔で紛れ込んでいた。

ひっきりなしにおかしなものが見えると口にした僕は、専門医たちによって詳しく検査されたが、僕の脳のどこにも異常は見つからなかった。

そうなのであれば、答えはシンプルである。それらは僕の妄想に過ぎない、ということだ。優しい彼らは「子供のうちは見えないものが見えることもあるだろう」なんて言い方をした。

でも、僕には確かに見えていたのだ。

巨大クラゲも馬人間も妖精も、否定されるまで僕にとっては実在していた。嘘でも誇張でも妄想でもなく、見えるのだから見えると言ったまでだ。

そんな僕だったが成長していくにつれ、次第にそのような幻覚を見なくなった。

おそらく、誰かに「そんなものいない」と否定されるまでもなく、常識というこの世界のルールがそれらを否定したのだろう。大学生になった今では、現実に幻想が入り混じることは完全になくなった。

はずなのだけれども。

ありとあらゆる謎を解く、名探偵。

迷宮入りの難事件は出口への光明を灯し、連続殺人事件は阻止する。
物語に登場する非実在な、幻想世界の住人。
それが今、僕の目の前にいる。
僕やあなたが思い浮かべる、理想の名探偵の、超然とした微笑を浮かべて。
けれど、彼女は当然のように――

僕にしか見えないのだ。

第一章

不実在探偵と死体の花

「めちゃくちゃ美人じゃねぇか」

遺体の写真を眺めた百鬼広海《なきりひろみ》の一言に、相棒の烏丸可南子《からすまかなこ》は大きく眉を顰めた。

「オニさん、それ、何か関係あります？」

「関係ねぇよ。ただ、俺もこんな美人に生まれたかったなってな」

「その顔じゃ怖すぎて、十メートル先の幼児にギャン泣きされますもんね」

「不本意だが……事実だな」

「名前だけは可愛いんですけど。ヒロミって」

「うるせぇ。バランスとってんだよ」

確かに百鬼は長身で強面である。刑事課のみんなが百鬼のことを〝オニさん〟と呼び出したのは、ごく自然なことだっただろう。

そして、刑事になって十余年。仕事柄、しかめっ面ばかりをしていたため、喜怒哀楽の全ての感情表現がいつの間にか〝眉間に皺を寄せる〟になってしまった。飯を食った後で財布を落としたことに気づき、店主に「すまん、財布を落としたみたいなんだが」と申し訳なく思いながら言ったつもりだったが「お代は結構です！　店だけは勘弁してください」とヤクザの脅しと勘違いされて頭を下げられたことがある。もちろん、代金は後でちゃんと払った。

たいして相棒の烏丸は目鼻立ちの整った顔で小柄、百鬼とはまるで正反対だ。烏丸と一緒にいると〝美女に襲い掛からない安全な野獣〟みたいに見えるらしく、百鬼を目撃した市民の通報件数が、がくっと減るので助かっていた。

「それで、コロシなのか？」

「まだ判断できません。自殺のように思えますが、他殺の可能性もあります」

烏丸に写真を返した百鬼は、白手袋をしっかりと着けながら部屋を見回す。

そこでは鑑識課員たちが証拠の採取に勤しんでいる。

事件現場はワンルームのマンション。小さな本棚にベッド、ダイニングテーブルと向かい合った二脚の椅子。生活必需品が揃っている程度の小綺麗な部屋だ。白を基調とした内装、花をモチーフとした小物がどこにも飾られていて女性らしさを感じさせる。壁掛け時計やスリッパ、どれも花柄だ。部屋がそれほど広くないにも拘わらず、鉢植えの観葉植物がたくさんあることからも、部屋の主人の植物好きが窺えた。

「被害者は雨森《あまもり》夏穂《かほ》。二十二歳。北海道に住んでいましたが高校卒業後に上京。恋人で第一発見者でもある日笠《ひがさ》明《あきら》が経営するフラワーショップに勤め、今年で四年目です」

「何もこんなせまっ苦しい都会の花屋で働かなくてもいいのにな」

「どこで働いたっていいじゃないですか。遺体の発見状況ですが、被害者が定刻になっても出勤して来ず、連絡も取れなかったことから、フラワーショップオーナーの日笠が昼過ぎに部屋を訪ねたそうです。そのときは施錠されていましたが、合鍵を所持していたので解錠し、中に入ったところ、被害者が床に倒れているのを発見しました。窓の鍵も全て閉まっていたようです」

烏丸は刑事課に配属されて三年目。不安そうに百鬼の尻にくっついていた新人の頃に比べると、すっかり刑事が板についてきている。

「証言が正しけりゃ、被害者は鍵のかかった部屋に一人だったってことだな」

「ええ、まるで推理小説みたいに、実に怪しい密室ですよ」

彼女は推理小説愛好家《ミステリマニア》である。それゆえに謎に包まれた事件には目を輝かせる。仕事で扱うだけでもうんざりするのに、趣味でも殺人事件に関わろうとするなんて、百鬼には理解できない。

「どこがだよ。誰だって寝るときゃ鍵かけんだろ」

「いやいや、怪しいのはそれだけじゃないんです。発見時、被害者はすでに心停止。死亡してから時間が経っており、蘇生は不可能でした。検視の結果、死亡時刻はおそらく昨夜。周囲に争った形跡はありません。死因は急性心不全と見られ、病死の可能性もありますが、彼女に持病がなかったこと、それから遺体の状況から考えて、服毒死の可能性が濃厚だと」

「服毒死だと？」

「はい。ダイニングテーブルに置かれた小瓶の中に、カプセル剤が幾つか入っていたのですが、その中身が毒物だったんです。こちらにちょっと来てください」

烏丸に台所へと連れて行かれる。シンクの下の収納扉が開かれていて、中が見えるようになっていた。百鬼が屈んで覗き込むと、彼女は開いたメモ帳を読み上げる。

「そこにあるのは、ソックスレー抽出器、ジクロロメタン、炭酸ナトリウム、分液漏斗、メスシリンダー、ミクロスパーテル、ビーカー、ホットマグネチックスターラーに——」

「待て待て。実験器具と薬品かこれ？　なんで一般家庭にこんなもんがあるんだ？」

「カプセル剤の中身はアコニチンという猛毒でした。どうやらこれらの道具を使ってそのアコニチンを精製したのではないかと」

「毒物の精製？　どこかで毒物を購入したんじゃなくて、自分で作ったってことか？　そんな簡単に素人が致死性の毒物を作れるもんなのか？」

「精製の方法を調べて器具と薬品を揃えれば、素人でもアコニチンの精製は可能だそうです。少なくとも、必要な道具はここに揃っているらしいです。これらを被害者自身が購入したのかどうかは現在調査中。アコニチンは不水溶性のため、抽出したあと結晶化したものを粉末状に砕いて風邪薬のハードカプセルに詰めたと考えられています」

「わざわざハードカプセルに？」

「結晶を砕いた粉の状態では飲みにくいんでしょう。水には溶けませんから、口に入れてすぐに吐き出してしまうかもしれません。カプセル剤なら胃の中に確実に届きますからね。何粒飲んだら死ねるのか、致死量もわかりやすいです。もしかすると、ピルケースにでも入れて薬に見せかけ、持ち運ぼうとした可能性も」

毒物を持ち運ぼうとした、というのは不穏だ。自分にではなく誰かに使おうとしたとも考えられる。

「オニさんは、アコニチンって何から抽出するか知ってます？」

「知らん」

「トリカブトの根を使うそうです」

「ああ、トリカブトか。花だよな？」

アコニチンと言われてもピンとこないが、トリカブトの毒なら有名だ。

「そうです。花です」

「……んで、被害者は花屋の店員で、第一発見者は花屋のオーナー？」

「はい。結構どこでも売ってるらしいですよ、トリカブト。被害者の勤めていたフラワーショップでも購入可能だそうです」

「そんなもん売るなんて、何考えてんだ」

「たとえ毒があっても、花に罪はありませんから」

百鬼は僅かに眉を顰め、うまいことを言った感を出している烏丸を一瞥すると、顎に手をやって考える。

「仮に自殺だとすると、被害者はトリカブトの根から猛毒のアコニチンを精製し、それを誰かに使うわけでもなく、自分で飲んで死んだってわけだな。なんでそんなに手間をかけた？　アコニチン飲んで死ぬのは楽な死に方なのか？」

「いえ、アコニチンは神経毒で、中毒の症状としては手足のしびれ、嘔吐、下痢、呼吸不全などを引き起こすそうです。かなり苦しい死に方だと聞いています」

「自殺の動機はあったのか？　遺書は？」

「遺書はありません。動機も不明です。密室で服毒死。自殺にしては凝った死に方じゃないですか。私は他殺の線を考えた方がいいんじゃないかって思ってます」

「おいおい、刑事ドラマじゃねぇんだぞ。毒を飲ませて殺すなんて面倒なことは普通やらねぇんだよ。殺すなら包丁とかナイフでブスッといくもんだ。その方が手っ取り早い」

「でも、誰かが毒入りカプセルを飲ませたあと、自殺に見せかけるため、そのシンクの下に毒物抽出器具や薬品を突っ込んでおいたのかもしれないじゃないですか」

「やめてくれ。殺害にトリックを弄するなんてのはフィクションの中だけの話だ」

「じゃあ、もう一つ見て欲しいものがあります」

烏丸がシートの上を移動して、ダイニングテーブル付近で屈んで床を指さした。

「まだなんかあるのか……」

百鬼は屈んだまま傍まで移動する。

そこにはピンク色の小さな粒のようなものがぽつぽつと落ちていた。

「そのピンク色の小片ですが、藍《あい》の花びらです。被害者の遺体は、手に藍の花をしっかりと握り締めていました。どうやら、彼女が倒れて苦しんだ際に、握っていた藍の花びらが幾つか床に落ちたようです」

てっきり藍の花は藍色なのだと思っていたが、意外にもピンク色らしい。

「ダイニングテーブルの上の一輪挿しが空ですので、そこに挿してあったものでしょう。一輪挿しには水が入っていますが、倒れてはいませんでした」

「やめろやめろ。死の直前の意味ありげな行動とか……怖ぇんだよ、そういうの。おい、見ろよ、鳥肌立ったぞ」

「オニさんでもビビるんですね。そんな怖い顔なのに」

「顔は関係ねぇだろ。俺は推理小説が死ぬほど嫌いなんだ。ややこしい人間関係、憎しみあう登場人物、難解なトリック、考えるだけで吐きそうになる」

「でも、無視はできないですよね。ダイイングメッセージの可能性がありますし」

「あぁ？　ダイイングメッセージだ？」

疑うことは刑事の本分ではあるが、意味深なものに気をとられてしまうと、本質を見失うことがある。まずは証拠を拾い集めて、その中から合理的なものを選んでいくのが捜査の基本だと百鬼は考えていた。

「いいか。密室だったのなら病死か自殺だ。被害者が自分で鍵をかけて死んだんだろう。ダイイングメッセージだの、推理小説みたいに外から鍵をかけるトリックなんてのは俺は絶対考えねぇぞ」

　しかし、烏丸は露骨に不満そうな顔だ。仕方ないので少しだけ譲歩してやる。

「まぁ、第一発見者の恋人に何かしらの動機があって、被害者を殺したってんなら他殺の線は考えられる。合鍵持ってんだからな。密室が崩れるわけだ。藍の花に意味があるとするなら〝愛の花〟。つまり〝愛《ラブ》〟のアイだ。〝まさか愛する人に毒を飲まされるなんて〟そういうこった。死ぬ間際にややこしいメッセージなんざ作れねぇんだ。シンプルに考えようぜ、シンプルに。その恋人とやらを叩いて埃が出りゃあ捕まえる。それだけだろ。そいつは今、どこにいるんだ？」

「任意同行で署に引っ張ってます」

「それでいいんだよ。頭捻るのはやれることやってからだ」

「藍の花のアイは〝愛《ラブ》〟ですか。オニさんがそんなロマンティックな思考するなんて思ってなかったから、ほら、見てくださいよ、鳥肌が」

烏丸がスーツのジャケットの袖を少しめくって見せてきた。

「咄嗟に出てきたにしては上出来だろうが」

「オニさんの言いたいことはわかりました。でも、遺体が握り締めた藍の花がダイイングメッセージであると考えられる根拠があるんですよ」

「……根拠だぁ？」

「ええ、さっきご近所さんから聞いたんですが、よく被害者を訪ねてくる人がいるそうなんです。テレビ番組にも出演する有名人で、いつも高級ブランドで身を固め、とにかく目立つ格好をしてる人で。その人物なんですが――」

焦らすようにたっぷりと間をあけてから、烏丸は言った。

「相田真美《あいだまみ》。有名ブランドＡｉｄａの二代目社長です」

「それが何なんだ？」

何が言いたいのかわからない。

「わかりませんか？　あいだまみ。遺体が握っていたのは？」

「……藍《あい》だが？」

口にしてやっとわかった。相田と藍《あい》だ。

「駄洒落かよ」

耳を傾けたのが実に馬鹿らしい。

「相田って苗字の人間なら、他にもいるだろう」

「それだけじゃないんです。私、藍の花言葉を調べてみたんですが〝あなた次第〟それから〝美しい装い〟でした。相田真美の職業は、美しく装うファッションデザイナー。〝美しい装い〟を意味する藍の花は、いつも着飾っている相田を意味しているとは考えられませんか？つまり、相田に毒を飲まされた雨森は死の間際に、犯人が相田であることを伝えるために、手近にあった藍の花を握ったんです」

「藍の花が相田真美を意味しているってのが、こじつけにしか思えねぇんだよ。たまたま近くに犯人の名前を伝えられる花を飾ってたなんて偶然があるわけねぇだろ」

一蹴するが、それでも烏丸は引き下がらない。

「それなら、こうも考えられます。トリカブトの花言葉は〝人間嫌い〟〝騎士道〟〝栄光〟そして、ずばり〝復讐〟です。何らかの理由で相田に復讐をしたかった雨森は、トリカブトを使って自殺し、相田が犯人であるとの意思表示をした。無実の相田に罪を着せることが復讐だったんです。だから、藍の花を用意していた」

百鬼は思い切り顔を顰める。

「なんでそんな回りくどい方法で復讐しなきゃいけねぇんだ。雨森が相田に復讐を考えていたって証拠は？　その何らかの理由ってのを明らかにしろよ」

「そんなものはないですが」

「だったら、それはお前の余計な勘繰りでしかない。推理小説と現実を混同するな。証拠もないただの憶測で捜査して、冤罪が生まれたらどう責任を取るつもりだ？」

「……はい。すみませんでした」

そう注意されて、烏丸も少し冷静になったようだ。

だが、百鬼もこの事件に引っかかるものを感じてはいる。

なぜ、被害者は毒物を精製して飲み、死んだのか。

そして、なぜ、その遺体は藍の花を握り締めていたのか。

不可解な点があることは認めざるを得ない。

「謎解きは名探偵がすることだ。手堅く地道に集めた証拠で事件を明らかにするのが刑事の役目だってことを忘れんじゃねぇぞ」

先入観を持たずに慎重に捜査する。

それが自分たちのやるべきことだ。

※

「夏穂が自殺する理由に……心当たりなんて、ありません」

被害者、雨森夏穂の恋人である日笠明はそう断言すると悔し気に下唇を噛んだ。

警察署の取調室。百鬼と烏丸はデスクを挟んで日笠と相対していた。

彼の年齢は三十歳。ジーンズにストライプのシャツといった服装。神経質なようでまばたきが多く顔色はひどく悪かった。恋人が亡くなった直後なので、ショックを受けていて当然だろう。

机の上にあるボイスレコーダーは百鬼が用意したもので、日笠の許可を得て事情聴取の様子を録音している。百鬼は、聴取を受けた人物の声のトーンや間《ま》、文字では残せない情報も大事だと考えているため、いつもそうしていた。

「つまり、誰かに殺害された可能性が高いと？」

項垂れる日笠に事情を聞いているのは烏丸である。

百鬼はこの部屋に入ってから一言も発しておらず、ずっと黙っていた。

「いえ、そういうことでは……」

慌てて日笠は否定する。

「ただ、彼女が自殺なんてするはずがないんです。僕たちは婚約したばかりで、昨日も一緒に映画を見に行ったんですよ。そのときだって彼女、いつもと変わらない様子でしたし。別に喧嘩したわけでもありません。近いうちに海外旅行に行こうって約束もしてて、彼女は綺麗な海が見たいから地中海がいいって……それなのに自殺なんて」

彼には恋人の自殺が信じられないようだ。

「昨日はデートに行かれたんですね？」

「……はい。仕事が終わってから二人で食事をして、その後に映画を見に行きました」

「何の映画を見たんです？」

「……何という映画だったかな。母親と娘の中身が入れ替わるやつなんですけど」

「もしかして『プラトニック・ラブ』ですかね。イ・ソンジン監督の話題作」

「ああ確か、そんなタイトルでした」

「私もこの間見ました。ああいう恋愛映画、お好きなんですか？」

「いや、僕はあんまり。でも、彼女がどうしても見たいって。いつもだったら僕が見たい映画を一緒に見てくれるって感じなんですが。まぁ、恋愛映画が見たい気分なんだろうなってことは、僕にも理解できたんで」

「日笠さんは見たかった映画があったんですか？」

「えっと、僕は怪獣のやつが気になってました」

「もしかして『大怪獣、空から降ってくる』ですか？」

「それです。なんか面白そうだなって。お詳しいですね」

「ええ。それも見たんで。映画館で見るならやっぱ派手なやつですよね。ドカーン、バシーン、ギャオーみたいな。でも、あの映画、怪獣出てきたの最初だけで、あと全部人間ドラマだったんで、がっかりな出来ですよ」

日笠が少し顔を上げて、微かに口元を綻ばせる。

「そうなんですね……それは、見なくて正解だったかな」

何より屈強さが第一に求められるこの刑事という職業に、小柄な女性である烏丸が向いているとはとても言い難い。彼女には明け透けに思ったことをすぐに口に出してしまう癖があり、さらには思考が顔に出やすく、腹芸が不得意で隠しごとも苦手だ。見た目は間違いなく美人の部類に入るのだから、そんな外見を活かした仕事がもっと他にあっただろうにと百鬼は思っている。

だが、そんな烏丸にも刑事として傑出した才能が一つあった。

事情聴取が得意なのだ。無害そうな雰囲気で、フランクな口振りと素直さでもって、するりと相手の懐に入り込む。烏丸のあちらこちらに飛ぶ取り留めのない話に付き合ううちに、相手がうっかりと口を滑らせてしまうこともよくあった。

彼女は天性の聞き上手なのである。

「映画を見終わった後はどうされたんですか?」

「彼女を家まで車で送って、そのまま部屋で一緒にコーヒー飲んで、三十分くらい映画の感想を話し合いました。その後、翌日も朝から仕事だったので、僕は自宅に帰ったんですが」

「それって何時くらいですか?」

「彼女の部屋を出たのは……夜の十時過ぎだったはずです」

今のところそれが雨森の最後の目撃情報だ。

そのときに彼女は日笠に殺されたのだろうか。

別れ際に殺害し、次の日、自ら訪ねて遺体の第一発見者を装う。しかし、それではあまりにも大胆不敵で、犯行としてお粗末すぎる。自ら疑ってくださいと言わんばかりだ。それに雨森の死因は急性心不全で服毒死の疑いがある。外傷による死亡であれば、喧嘩などの衝動的な犯行の可能性も考えられるが、そうではないのだ。

直接手を下すことなく遠隔で殺害できる毒殺は、もっぱら自分のアリバイ作りのために使われる手段だろう。それなのに、日笠にはアリバイがない。さらには、被害者には自殺の理由がないとも発言しているのだ。

毒物を使って恋人を殺害する策を弄したにしては、無防備過ぎだ。

「映画を見た後は感想を言い合いたいですよね。たとえ内容がつまらなくても、ダメなところを言い合うのが楽しかったり。日笠さんは『プラトニック・ラブ』のオチどう思いました？賛否両論ありますが……ああ、オニさんは見てないからわからないですよね」

烏丸がちらりと百鬼に視線を向ける。

「簡単に内容を説明すると、五十代女性のユンが、二十代のイケメン御曹司に見初められて恋に落ちるんですよ。けれどやっぱり歳の差があるからってユンは身を引くんですが、やたら美人な大学生の娘とドライブ中に事故を起こして中身が入れ替わるんです。ユンの姿になった娘は意識不明の重体。それで、美人で若い娘になったユンと、お見舞いにやってきた御曹司が出会って、二人はすぐ恋に落ちるんです」

クソどうでもいい話だった。そんな映画、冒頭の五分で寝てしまう。

「結局、娘が意識を取り戻した瞬間にユンは元の姿に戻ってしまうんですが、御曹司は熟女のユンと若くて美人な娘、両方と恋に落ちているじゃないですか。ユンの入れ替わりを知らないまま、どちらかを選ばなくてはならない。オニさんは、どっちを選ぶと思います？」

「そりゃ、若い女に決まってんだろ」

「いえ、御曹司は元の姿に戻ったユンを選ぶんです。なぜなら、ユンの中身を愛していたから。歳を取っていることなんて関係ないんです。つまり、それこそ究極のプラトニック・ラブってわけです。そうですよね？　日笠さん」

「ええ。そんな話です」

彼は寂しそうな顔で言う。

「……僕は御曹司が元に戻った母親を選んだのは、正しい判断だったと思います。彼の〝僕が愛したのはあなたそのもの。どんな姿に変わっても、変わらない中身の美しさだ〟ってセリフ、いいなと思って。いくら年齢を重ねた姿でも、本当の姿が一番ですから。思っていたより面白くて、いい映画だった。夏穂にもそう言ったんですが、彼女的には期待外れだったみたいで、難しい顔で〝そうね〟って」

百鬼はそこでどうしても一言いってやりたくなった。

「いや、シンプルにその御曹司とやらが熟女フェチだっただけだろ。初動からして熟女好きだったじゃねぇか」

しかし、烏丸はしっかりと首を横に振る。

「違いますよ。それなら、若い娘とは恋に落ちないじゃないですか。小柄な女は刑事に向いていないだとか、化粧はしなくていいのかとか。女性の上っ面しか見えてない人は可哀想ですねえ。だからその歳で独身なんですよ」

急に話が逸れたと思ったら、それが言いたかったようだ。

現場で自信満々の推理を一蹴されたことを根に持っているのかもしれない。

「あ、すみません、日笠さん。話が逸れてしまって」

「いえ……大丈夫です」

日笠の張り詰めていた緊張の糸が緩んでいるのが、その表情から窺える。

それを狙っての無駄話だったのならばとんだ策士だが、烏丸はそこまで深くは考えていないだろう。むしろ、百鬼に嫌味が言えるチャンスだったから話しただけに違いない。

「話を戻しますね。先ほど、夏穂さんが自殺する理由に心当たりがないとおっしゃいましたが、では、夏穂さんを恨んでいた人物に心当たりなどは？」

「……ありません。夏穂は温和で優しい女性です。人と争うことが嫌いで、喧嘩になりそうな気配を感じたら、自分が謝ってすぐに折れるんです。言いたいことがあるなら言っていいよって僕が言っても、黙って首を横に振るばかりで……だから、彼女が誰かと喧嘩することなんてありえないし、恨みを買うなんてこと、絶対に考えられません」

無意識に語気が強くなってしまったことに自ら気づいたようで、日笠は気まずそうに睫毛を伏せた。

「交友関係はどうでしたか？　親しいご友人とかは？」

「……自分の知る限りでは、いなかったと思います。店の子とは仲良くしていましたが、仕事上の付き合いだけで、プライベートで会うなんてこともなかったですし。こっちに引っ越して来たときに、学生時代の友人とは疎遠になってしまったみたいで」

彼の目が一瞬泳いだのを百鬼は見逃さなかった。烏丸も同じだったようで、わざとらしく首を傾げる。

「あれ？　夏穂さんはファッションデザイナーの相田真美さんと懇意にされていたのではなかったんですか？　部屋をよく訪ねて来ていたと近所の人から聞いていたんですが」

「え？　……ああ、はい。相田さん。えっと、あの、相田さんは友だちというか、店の常連さんで。でも、確かに、そうですね。二人は仲良くしてました」

あからさまに動揺している。日笠は隠しごとができない性格のようだ。

「日笠さんは相田さんとご一緒する機会はなかったんですか？」

「えっと……まぁ……そうですね。変に疑いを持たれたくないので言いますが、相田さんとは、僕、以前交際関係にありまして。一方的に好かれて、一方的に嫌われて、半年程度で僕が振られて終わったんですけど……あの人、すごく不思議な人で。もともとは相田さんから紹介されて夏穂と知り合ったんです。この子が仕事を探しているからって」

疑われたくない一心からか、口の回りが早い。

「もちろん、僕は相田さんと別れてから、夏穂と付き合い始めましたよ。夏穂も僕と相田さんが恋愛関係だったことは知っています。ただ、夏穂と相田さんとの交友関係はそんなことに関係なく、ずっと続いていました。さすがに僕は気まずくて、三人一緒にはいられませんでしたが」

相田真美は日笠の元恋人で、被害者の友人。

百鬼の嫌いな、ややこしい人間関係。面倒なことになってきたなと思った。

そのとき、烏丸の携帯電話に着信があり、彼女は「ちょっと失礼します」と退室する。部屋に静寂が訪れるが、百鬼は何も言わず、日笠をじっと観察した。彼は睨まれているように感じたらしく、居心地悪そうに肩をすぼめた。

ごく一般的な人間にとって殺人行為は、相当な精神的負荷がかかるものだ。良心やモラルといった抵抗、そんな心の一線を突破するのは、なかなか容易なことではない。それを踏み越えるのに必要とされるのが常軌を逸する精神状態、すなわち狂気である。そして一度でも狂気に身を委ねてしまった者の瞳には、常人にはない暗い光が宿る。

だが、日笠はそんな目をしていなかった。

その瞳にあるのは怯えと悲しみ。受け答えはしっかりとできていたが、ずっと彼は恋人の死を悲しんでいる。百鬼には日笠が雨森を殺したようには思えなかった。

戻ってきた烏丸が百鬼に耳打ちする。

「司法解剖の結果が出ました。アコニチン中毒死で間違いありません。カプセル剤の内容物もアコニチンでした。それから、アコニチン抽出に使用したと思われるトリカブトの根の残留物も器具から採取できました。日笠に服毒死であることを伝えますか？」

百鬼は頷き返した。犯人なら知っているわけだし、そうでなくとも隠す必要性はない。

烏丸は着席し、日笠に神妙な顔を向ける。

「夏穂さんですが、司法解剖の結果、アコニチン中毒死だとわかりました」

「……アコニチン、ですか？」

「ええ。トリカブトの根に含まれる猛毒です。夏穂さんの部屋で、トリカブトからアコニチンを抽出する器具や薬品も見つかりました。日笠さんから聞いた状況と合わせて判断するに、夏穂さんは自分でトリカブトから毒を精製して服毒したことによる、自殺と考えられます」

「トリカブトで、自殺？」

ぽつりとつぶやいた日笠がふいに、へらっと笑う。

「どうして、自殺なんですか？　って、刑事さんに聞いてもわからないですよね。僕にもわからないのに」

人間は過度なストレスにさらされると、緊張を弱めるために笑ってしまうことがある。

おそらく、恋人が死んだ事実もまだ受け入れられていないのに、トリカブトの毒を飲んで自殺したと言われても、到底信じられないのだろう。

「夏穂さんが自ら死を選んでしまった理由も、きちんと調べるつもりですので」

同情する口振りで烏丸はそう答えた。

「刑事さん、すみません。今日はもうこの辺で勘弁してもらえませんか。すごく気分が悪くて……」

「ええ。では、供述調書を確認して頂いてサインと捺印をお願いできますか？　おかしなところがあれば修正しますので」

「わかりました」

「ああ、最後に一つ、いいですかね」

百鬼はそこで口を挟んだ。烏丸は忘れてしまっているようだが、聞いておかなければならないことが残っている。

「あなたが部屋で亡くなっている雨森さんを発見したとき、そのご遺体が藍の花を握り締めて亡くなっていたことには気づかれましたか？」

「……彼女が花を？　いえ、そんなこと、全然気づきませんでした。あのときはもう、頭の中が真っ白になってしまって」

「じゃあ、彼女が藍の花を握り締めていた理由に何か心当たりは？」

「藍は、夏穂の誕生花でよく部屋に飾っていましたが」

日笠は本当に分からないといった素振りで、首を横に振った。

誕生花。花言葉に続いて、また別の意味が現れる。

やはり考えるだけ無駄なのだろうか。解釈が色々できるならメッセージとしてうまく機能しない。そもそも一体、それで何を伝えようというのだ。もし、警察をミスリードするために誰かが握らせたというのなら、もっと確実な証拠を握らせるのではないだろうか。藍の花では抽象的過ぎる。

そのとき、フッと日笠が自嘲するような薄笑いを浮かべた。

「……どうして言ってくれなかったのかな」

まるで、溜息と共に吐き出されたような声だった。

「何をです？」

烏丸が聞き返す。

「そんなこと、言われなければわからないじゃないですか」

日笠はがっくりと肩を落として、虚ろな目つきでいる。

百鬼と烏丸は顔を見合わせた。彼の精神は本当に限界のようだ。

「もしかして、自殺の動機ですか？」

烏丸の問いに日笠は微かに頷く。

「……ええ、そうです」

そう。いくら花を握り締めようが、ちゃんと言葉にされなければわからない。

雨森夏穂の自殺の動機が明らかになることはないのだ。

※

相田真美のオフィスは高層ビルの最上階にあった。

「あまり時間がとれないんだけれど、いいかしら？」

黒革の二人掛けソファにちょこんと背筋を伸ばして腰かけた相田は、いかにもファッションデザイナーという感じの女だった。

年齢は二十七歳。艶のある黒髪のボブに、瞳を大きく見せるためのしっかりとしたアイラインン。べったりとした真っ赤な口紅。裾にフリルがついたワンピースは、肩から足元にかけて白から藍色へのグラデーションになっていた。烏丸に言われなくても、それが朝顔の花を模していることくらいファッションに疎い百鬼にもわかる。目を引く美人だが、つんと澄ました顔がお高く留まっているようで、好き嫌いは分かれそうだ。

「お忙しい中、失礼します。しかもこんな遅い時間に」

烏丸は手帳を取り出しながら、営業スマイルを浮かべた。

すっかり陽は落ちて、全面ガラス張りの窓からは紺色に包まれたビル群が見えている。

相田とガラステーブルを挟んで、百鬼たちも二人掛けソファに腰かけていた。高級なソファなのだろうが、やたらフワフワしていて正直、尻の据わりが悪い。

「夏穂が死ぬなんて。驚いたわ。殺されたの？」

相田はいきなり不穏なことを口走る。

「どうしてそう思われるんですか？」

「だって、刑事さんが訪ねてくるんだもの」

彼女は平然と答えた。

雨森夏穂が死んだことは、烏丸が電話でアポイントを取ったときに伝えたが、殺されたとは言っていない。だが、刑事が訪ねてきたことから、そう考えたとしても不自然ではないだろう。

「今のところ我々は夏穂さんが毒を飲んで自殺したと考えています。ただ、自殺の動機が不明であることと、遺体の状況に不審な点があることから、関係者にお話を聞いているところなんです」

「アタシ、関係者なの?」

その括りに入れられるのは、心外であるとでも言いたげな口振りである。

「夏穂さんとは友人関係だとお聞きしましたが」

「友人関係? そうなるのかしら。でも、キャッサリンみたいで可愛いとは思っていたわね」

「キャッサリン?」

「アタシが飼ってる猫。エキゾチック・ショートヘア」

被害者とペットが同列であるかのような物言いを烏丸は不愉快に感じたようで、僅かに眉を顰める。

「あなたは雨森さんの恋人の日笠明さんの元恋人だったんですよね? 全くの無関係だとは言えないのでは?」

「違うわ。今でも恋人よ」

日笠の証言と食い違う。

「今でも？　日笠さんはあなたのことを元恋人とおっしゃっていましたが」

「であれば、あの店にはもう行くことはないでしょう」

微妙に話が嚙み合わず、烏丸は困惑しているようだ。

「恋人だったから、お店に行っていた？」

「ええ、そうよ。彼はアタシを愛している。それは彼がアタシに用意した花束を見ればわかるわ。ほら、そこに飾られているのがそうよ」

相田が向けた視線の先を追う。壁際に置かれた花瓶に花束が生けられていた。淡い色の花ばかりが集められていて綺麗ではあるが、当然、それを見ても日笠が相田を愛していたことなんてわからない。

「それは寄せ集めの花束じゃない。彼がアタシへの想いを形にしたもの。だからこそ、美しい。アタシが必要としていたのは、恋人へ贈る花束なの」

わかるでしょ？　と言いたげに、相田は首を傾げた。

「そのためには、彼とアタシは恋人になる必要があった。そして、適切な距離を保って、恋人で在り続けなければならなかった。けれど、彼にはそんなアタシの思いが届いていなかったのね。彼がアタシを元恋人だと言ったのであれば、その情熱が失われてしまったということ。花束に愛が宿ることはない。だから、もうお店には行かない」

「……はあ、そうなんですか」

説明されても烏丸は腑に落ちない顔だ。

だが、百鬼には相田の言うことがわからなくもない。

要するに彼女は、恋人から贈られた花束が欲しかったので、花屋の日笠とは精神的《プラトニック》な恋愛関係でいたかった、ということだろう。意味不明なことを言っているようで、一応の筋が通っている。この手の独特な感性の持ち主の思考をこちらから推察するのは難しい。

厄介な女だなと百鬼は思う。

「それでは、日笠さんと雨森さん、それぞれ最後に会った日を教えて頂けますか？」

烏丸は花束のくだりを理解することを諦めたようだ。

「日笠とは一昨日ね。このオフィスに花束を届けに来てもらったときに会ったわ。夏穂とは先週の水曜日よ。彼女とは一ヵ月に一度、第三水曜に会うことにしているの」

雨森の遺体が発見されたのは今日で、死んだのは昨夜だと考えられている。

「どうして第三水曜日に？」

「それが彼女と出会った曜日だったから」

やはり、わからなくもないが、その理由はこちらには思いつけない。烏丸は、いちいち引っかからないことに決めたらしく、質問を続ける。

「昨夜はどうされていました？」

「それって、アリバイの確認かしら。アタシ、疑われているのね？」

「いえ、そうではなく、アリバイがあれば余計な疑いをかけなくて済むので、そのための確認です」

「そう？　昨日と今日と、ずっとここにこもって仕事の片付けをしていたから、このオフィスから一歩も外に出ていないわ。このビルは防犯のために各フロアの出入りがチェックされているから、フロントで管理人に確認したらどうかしら。防犯カメラの映像があるはずよ。日中はずっと秘書と一緒だった。自宅はもう引き払ってしまったし、ここには仮眠用のベッドもあるから、そこで寝たわ」

「自宅は引き払ったっておっしゃいました？」

「そうよ。明日の夜には飛行機でフランスへ行くの」

「旅行じゃなくて、引っ越しってことですか？」

「ええ。海外でのブランド展開に本腰を入れるから」

「こちらにはいつ帰ってきます？」

「さあ。わからない。すぐに帰ってくるかもしれないし、永住するかもしれない」

どうしましょう、といった目で烏丸が百鬼を見る。

友人が不審な死に方をした後、すぐ海外に移住する。犯人の国外逃亡であるようにも思えるが、有名ブランドが海外展開に力を入れることは、別段おかしな話でもない。それに相田にはしっかりとアリバイがあるようだ。裏付けを取っても揺るがないからこその自信満々な態度なのだろう。

怪しいが、それだけだ。

百鬼が何も言わないのを見て取ると、烏丸は再び質問に戻る。

「では、夏穂さんの自殺の動機に心当たりはありませんか？」

「自殺の動機？　心当たりなんてないけれど。そうね……日笠との結婚に不安を覚えているというのは聞いたわ。でも、結婚した後に後悔することはあっても、その前に自殺することはないんじゃないかしら」

「ということは、あなたは夏穂さんと日笠さんの結婚をご存知だったんですか？」

「ええ」

「でも、さきほどあなたは日笠さんとは今でも恋人同士だっておっしゃいましたよね？　結婚を間近に控えている方と、あなたが恋人なのはおかしくないですか？」

相田は露骨に溜息を吐く。

「さっき説明したじゃない。アタシが欲しかったのは恋人に贈る花束。それが得られるのであれば、彼が誰と結婚しようが関係ない。心と体は別物よ。結婚したって他の誰かに心を奪われることがあるでしょう？　恋心があるのであれば、恋人なのよ。あなた、何もわかってないわね」

おそらく烏丸は、雨森と日笠の結婚を知り、彼を奪われると考えた相田が雨森の殺害を企てたのではないか、と考えたのだろう。

「北海道から出てきた夏穂は公園のベンチでひどい顔をして俯いていたの。それでアタシは声を掛けた。どうしたの？　って。話を聞くうちにアタシは彼女に興味を持ったわ。そこから色々面倒を見てやって、仕事先に日笠の店も紹介した。その結果、二人が結ばれたことは喜ばしいこと。ただ、それは彼女の人生の話であって、アタシの人生には無関係だわ」

相田の表情からは何の感情も読み取れない。おそらく彼女はとても合理的で自己完結した人間なのだろう。愛情のこもった花束が欲しかっただけで、日笠という人間を欲したのではない。だから、彼が愛情のこもった花束を用意できなくなれば、無価値なものとして切り捨てることができるのだ。

「では、あなたは夏穂さんのどういったところに興味を持ったんですか？」

「夏穂は〝美〟の本質をよく理解していた。美とは飾り、纏わせ、作るもの。つまり、それが装飾《ファッション》。彼女はそのファッションセンスで、どんな人にでも素敵な花束を用意できた。その才能は彼女が生まれ持ったもので、日笠にはなかった。だから、アタシは彼女をフランスに誘ったの。デザイナーとしてついてこないかって」

「えっ、結婚を間近にひかえた人をですか？」

「そう。Ａｉｄａを象徴するモチーフは花。腕のいいデザイナーはいくらいたって困らない。けれど、先週の水曜日、彼女は日笠と結婚して生きていきたいとアタシの誘いを断った。もちろん、彼女の意志を尊重したわ。無理やり連れて行っても意味がないから」

雨森は結婚か仕事かという選択を迫られたが、答えはきちんと出せていたようだ。それが自殺の原因とは考えられないだろう。

「夏穂さんはなぜ、北海道からこちらにやってきたんでしょうか」

「自由を手に入れたら、しがらみを捨てて新しい生活を始める。それだけのことじゃないかしら」

そこで質問が尽きたらしく、烏丸は悩ましい顔で黙った。

「ねぇ、そっちの刑事さん、あなたが聞きたいことはないの？」

ふいに相田から話しかけられた。

「ないですね」

百鬼の聞きたいことは、烏丸がちゃんと質問している。

「じゃあ、アタシがあなたに質問してもいいかしら」

「俺に？　どうして？」

「その、俺はわかってるぞっていう顔、本当にそうなのか、確かめてみたいから」

百鬼は思わず笑みを浮かべてしまう。

「答えられることなら答えますよ」

「あなたはアタシが夏穂を殺したと思ってる？」

「わかりません」

正直に答える。

「わかったのは、あんたが何本かネジの外れた女だってことくらいで」

そのとき初めて相田は薄く微笑した。

真っ赤な唇が蠱惑的に歪む。だが、目は笑っていない。

「ええ、そうよ。ただそれだけ。アタシは夏穂を殺してない。いいわね。あなたはきちんとわかってる」

そもそも、雨森夏穂が他殺である根拠が乏しいのだ。

なぜ、相田が雨森を殺すのか。

恋人である日笠を奪われたから?

仕事の誘いを断られたから?

自己完結する彼女にとっては、そんなことどうでもよさそうである。

「ねぇ、夏穂はどんな毒を飲んで死んだの?」

「トリカブト」

隠す必要もないと判断した。

「トリカブト?」

「ああ。根っこから毒を抽出して」

それを聞いた瞬間、相田は口元に手を当ててフフッと笑う。先ほどの微笑とは違って、それは本当に笑ったように見えた。

「何が可笑しい?」

「ごめんなさい。不謹慎だったかしら」

「いや、何が可笑しかったのかを聞いてるんだが」

「日笠はどんな反応をしてた？　夏穂がトリカブトの毒を飲んで死んだと聞いて」

　こちらの質問には答える気がないようだ。

「まったく信じられない。そんな顔だった」

「それなら大丈夫ね。夏穂が自殺しただけ。悲しいことだけれど」

　百鬼は思わず渋面になる。どうにも捉えどころがない。

　そこに烏丸が話に割り込んできた。

「被害者は死亡時、藍の花を握り締めていたんです。それって、相田さんが犯人だっていうダイイングメッセージだと思いませんか？」

　相田はキョトンとした顔で烏丸を見返した。

　そして、すぐに笑い出す。今度は堪えきれずといった様子で、ソファに手をつき、腹の底から笑っている。ひとしきり笑ったあと、相田は目元に浮かんだ涙を指で拭った。

「くだらない駄洒落ね」

　ちっとも笑えないが、百鬼も同感だった。


　ビルの管理人に確認したところ、相田のアリバイは証明された。

　ざっと早送りで防犯カメラの映像を確認しただけなので絶対とは言えないが、この後、しっかり確認しても結果は変わらないだろう。防犯カメラに映らずに相田がビルから出るには、高層ビル最上階の窓からロープなどを伝って下に降りるしかない。スパイダーマンじゃあるまいし、そんなのは馬鹿げている。

「オニさん、どうしますか？」

「どうもしねぇよ」

これ以上、何ができるというのだ。

証言の全てを記録したボイスレコーダーを百鬼は上着のポケットに仕舞った。

※

翌朝、日笠明の遺体が発見された。

出勤して来なかったことを訝しく思った花屋の店員が彼のマンションを訪ね、鍵のかかった部屋を管理人と共に開けて、首を吊って死んでいるのを見つけたのだ。雨森夏穂のことがあった直後だったので、もしやと思ったらしい。

部屋の玄関扉や窓は全て施錠されており、密室状態だった。遺体の傍に「夏穂を追う」とだけ書かれたメモ用紙があり、それが遺書であると考えられた。

雨森夏穂と同じ、ほぼ自殺だと判断できる状況で、誰かが彼を殺害した可能性は限りなく低い。後追い自殺だと考えるのが自然だろう。

「なんでだよ」

現場検証を終えて日笠の部屋から出た百鬼は、やるせない憤りを覚えていた。どんなことがあっても死のうなんて考えもしない自分には、後追い自殺を実行する者の気持ちが理解できそうにない。

「……なんでそうなる」

装着していた白手袋を脱ぎながら、溜息が零れる。

百鬼の憤りは、次の事件の発生を止められなかったことからくるものだ。

しかしながら、たとえ日笠が自殺をすることがわかっていても、四六時中見張ることなどできず、阻止することは難しかっただろう。日笠の人生の問題は、本人が向き合って解決するべきものである。刑事の仕事の範疇には含まれない。だが、それでも、何かしてやれたのではないか、という苦い思いを抱いてしまう。

「確認したところ、相田真美のフランスへのフライトは今夜九時とのことですが」

背後から烏丸が声をかけてきた。

もし、相田が雨森、日笠の事件のどちらか、あるいは、両方に関与していて、逮捕する必要があるのならばそれがタイムリミットだ。国際手配を掛けることは可能だが、そんなことは上司がいい顔をしないだろう。片を付けるなら彼女が国内にいるうちにである。

「……俺は、雨森が藍の花を握って死んだ理由なんて、わかんなくてもいいだろって思ってた」

眉間に皺が寄っているのが自分でもわかるが、それはこの感情を表現するのに、似つかわしい表情だ。

「自殺の理由なんか、他人がしゃしゃり出てきてあれこれ想像したって、結局、正解なんてわかりゃしねぇんだ。わかったところでどうにもならねぇ。犯人がいる証拠があるなら捕まえる。刑事の仕事なんざそれでいい」

やれるだけの捜査を行った今、これ以上に有効な証拠や証言は得られないだろう。それらから犯行を立証できないのであれば、この事件はそれまでの話である。

「だがよ、〝ある女が藍の花を握って自殺した〟で、この話は終わらなかった。〝藍の花を握って恋人が死んだのを聞かされた男が自殺した〟って事件に発展した。もしかして、ちゃんと雨森の死の真相を明らかにしてやらんことには、終わらんのじゃねぇか。その謎が解けていりゃあ、日笠の自殺だって止められたかもしれねぇ」

百鬼には相田が二人を殺害したとは思えないが、その可能性が捨てきれないのだ。なぜなら、一連の事件の始まりである雨森の自殺の理由がはっきりしていないからである。

「それで、お前はどう思う?」

相棒である烏丸にそう聞いたのは、ここから先は刑事としての信念が問われる話だからだ。

「殺人事件なら、犯人を捕まえる。それだけです」

彼女は迷いのない真っ直ぐな瞳で、当然とばかりに答えた。

「推理で謎を解けばいいじゃないですか」

烏丸にとっては聞かれるまでもないことだったようだ。

「……そうだな」

自分の相棒は馬鹿がつくほど真面目で、芯が通っていることを失念していた。

「でも、どうするんです？」

彼女は意地悪く微笑する。

「『謎解きは名探偵がすることだ。手堅く地道に集めた証拠で事件を明らかにするのが刑事の役目だ』ってオニさんの言葉。私、しっかりと憶えてますよ？」

根に持つタイプなのも忘れていた。

「その通りだ」

百鬼は胸のポケットからボイスレコーダーを取り出し、烏丸に振ってみせる。

「謎解きは、名探偵にやらせる」

※

某国立大学のキャンパスに、百鬼と烏丸はやってきていた。

そこはモラトリアムを楽しむ学生たちの、のんびりとした空気が流れている。

「ここに名探偵がいるんですか？」

そのフレーズを百鬼が口にしてから、烏丸は興味津々といった顔で、隙あらば質問攻めだ。

「もしかして、その人物は大学の准教授で天才物理学者とか？　科学知識によって謎を解き明かす、みたいな」

「違う」

「だったら学生ですか？」

「学生でもない」

「じゃあ、大学で働く職員！　あ、大学図書館の司書とか？」

「どれでもねぇって。うるせぇな。静かにしてろ」

「いえ、黙ってられません。憧れだったんです。迷宮入り事件の解決を刑事が名探偵に相談するっていう展開。そのシチュエーションが好きで刑事になったようなものなのに、現実じゃありえないじゃないですか。私、どうして刑事なんかやってるんだろって最近思ってて。なんでオニさん名探偵のこと隠してたんですか。ズルいですよ」

「いねぇからだよ」

「え？　だって、名探偵に会いに来たんですよね？　ここに」

「うるせぇ、もう黙れ。連れてかねぇぞ」

烏丸はぴたりとお喋りをやめた。どうやらそう言えばよかったらしい。

やがて待ち合わせをした大学の本館前に着いた。

授業が終わった頃合いらしく、建物からぞろぞろと学生たちが出てくる。

「……あ、広海さん！」

声のした方に視線を向けると、一人の青年がこちらに駆け寄ってきた。

目元が隠れた無造作な黒髪。白のボタンダウンシャツにデニムパンツ。模範的な男子大学生といった恰好だ。左肩にショルダーバッグをさげ、右手には手のひらサイズの黒い箱を持っている。正六面体の形をしたその黒い箱は蓋が開いていた。

そんな彼を顎に手をやった烏丸が、好奇の視線でジロジロと眺める。

「……なるほど？」

「いや、違うぞ。こいつは、この大学に通っている俺の甥っ子だ」

彼女は彼がこれから会う予定の名探偵だと思ったのだろう。

「菊理《くくり》現《うつつ》です」

現は小さく頭を下げて烏丸にそう名乗った。色白で繊細そうな細面、すぐに愛想笑いを浮かべる癖は幼い頃から変わらない。

「ああ、甥っ子さんですか。どうも、広海おじさんの同僚、烏丸です」

現からは広海おじさんなどと呼ばれていないが、まぁ、いいだろう。

「ウツツ、調子はどうだ？」

「調子？　調子はいいかって」

彼は一瞬視線を落としてから、答える。

「いいみたい」

「急に呼び出して悪かったな」

「全然。僕も本物なのか確かめたいから」

また視線を落とした現は、苦笑して言う。

「本人もそう思ってるって」

そんな二人のやりとりを、烏丸は訝し気な顔で見ている。

「じゃあ、ミーティングルームを借りたから、そこで」

「ああ、頼む」

建物の中へと向かう現の後に続こうとした百鬼を、烏丸が「ちょっと！」と呼び止める。

「これから名探偵に会うんですよね？」

「まぁ、そういうことになるな」

彼女は嬉々として「早く行きましょう」と、百鬼よりも先に歩き始めた。


折り返し階段を上り、幾つもの小部屋が並んでいる階に辿り着いた。

現はポケットからカードキーを取り出し、一番手前の部屋のドア脇についているカードリーダーに通してドアを解錠する。

「どうぞ」

促されて、百鬼と烏丸は中に入る。

そのミーティングルームには、中央に大きな長方形の机があり、椅子がそれを囲むように配置されていた。他にはホワイトボードが一つあるくらいで、窓はない。十人ほど入れば手狭に感じる広さだ。

現はホワイトボードの前に進み、机の上に持っていた黒い箱をそっと置く。そして椅子を二つ引くと、片方の椅子の背にショルダーバッグを引っ掛け、そこに座った。

百鬼と烏丸は、その向かい側に並んで着席する。

「じゃあ、広海さん、早速始めようか。事件のことを詳しく教えて」

現は黒い箱を両手で包み込むように、手元に寄せる。

「ああ、わかった」

「ちょっと待ってください」

すぐさま烏丸がストップをかけ、現の隣の空いた席を指さした。

「まだ、名探偵がお見えになっていませんが？」

確かにそれは、今からそこに誰か来るみたいに思える。

現が少し困った顔で百鬼を見た。

「問題ない」

百鬼はそう答える。

「問題なくありませんよ。それに、いくらオニさんの甥っ子でも、みだりに捜査情報を漏らすのはいかがなものでしょうか」

「お前さっきまで名探偵に会えるって、ウッキウキだったじゃねぇか。情報提供もせずに推理させるつもりだったのか？」

「名探偵であれば、情報提供はやむなしです。つまり、ウツツ君が名探偵なんですか？」

「違います」

現は即座に首を横に振る。

「ウツツは名探偵じゃない」

百鬼は胸ポケットからボイスレコーダーを取り出して、机の上に置いた。


「でも、名探偵はここにいる」


「ここって……そのボイスレコーダーの中に？」

「そんなわけねぇだろ。まぁ、情報漏洩には目を瞑って、今からやることにつき合えよ。そうすりゃ、名探偵には会わせてやるから」

「なんか私、騙されてます？」

「お前を騙して俺に何の得がある」

説明したところで納得しないだろうから、手っ取り早く始めたいのだが、どう言えばいいのだろうか。百鬼はもったいぶるように、声を潜める。

「これは……言わば伏線だ」

「伏線ですか?」

「そうだ。後から意味が分かる。伏線を前もって説明することほど野暮なことはない。わかるだろ?」

推理小説愛好家《ミステリマニア》なのだから、そう言っておけば都合よく解釈してくれるだろう。

「ちゃんと回収されるんですよね?」

「もちろんだ」

「わかりました」

烏丸は神妙な顔で頷いた。チョロくて助かる。

この手はまたいつか使おう。

やれやれと息を吐いた百鬼はボイスレコーダーを再生させた。

※

「俺が知りたいのは〝藍の花を握って恋人が死んだのを聞かされた男が自殺した〟のはなぜか、その理由だ」

聴取の録音の再生が終わり、状況を説明した百鬼はそう締めくくった。

黙って聞き届けた現の表情に変化はない。

百鬼は続けて現に問う。

「謎は解けたか？」

現は両手の中にある黒い箱に視線を落とす。その仕草はまるで、水晶を覗き込んで運命を読み取ろうとする占い師のようだった。


「ハイ」


「異議ありです！」

すかさず烏丸が割り込んでくる。

「ウツツ君、今の話を聞いただけで謎が解けたんですか？」

「はい」

少し困った顔で現がそう答えた。

「だったらどうしてそんな自信なさげな顔で言うんですか。謎が解けたのなら、もっと大胆不敵なドヤ顔で言うべきです。ミステリだったら一番盛り上がるところじゃないですか。さらっと流さないでください」

「いや、謎が解けただけで、まだ謎なんで」

現はやはり困り顔のままだ。

「どういうことです？」

烏丸は怪訝そうな視線を百鬼に向けた。

「お前の言うミステリなら、謎を解いた名探偵が推理を披露してくれるんだろうが、ここじゃ話が違う。謎が解けても名探偵は推理を披露しないんだ」

「それって……名探偵がまだここに来ていないからですか？」

「いや、さっきも言ったが、名探偵はここにいる。だが、その名探偵にできることは謎を解くことだけだ。俺たちに真相を語ることはない」

その説明では、彼女が困惑に眉を寄せるのも無理はない。

「だから、真相は俺たちがこれから推理するんだ」


「え？　私たちが推理？」

「ああ、ウツツは謎が解けたと言った。謎が解けたってことは真相が明らかになったってことだ。そこで、俺たちはウツツに質問をして真相を答えてもらう。ただし、ウツツの返答は〝ハイ〟〝イイエ〟〝ワカラナイ〟〝関係ナイ〟この四パターンだけだ。それ以外は答えられない」

「あー……」

烏丸は渋い顔で顎に手をやり何度も頷く。

「はいはい。そういうタイプの名探偵ね？　いや、大事ですよ。名探偵のオリジナリティ。色んな名探偵がいていいんです。マンネリは回避しないと。〝自らは推理を披露せず周囲に推理させる名探偵〟ってことですよね。なるほど。斬新で面白いじゃないですか」

どうやら、名探偵のマンネリ回避ということで納得できたらしい。

実際はそうではないのだが、今はそれで構わないだろう。

「わかったんなら続けるぞ。いいか、これから俺たちはウツツに事件のことを質問して答えてもらう。質問はどんなことでもよいし、何度でも構わない。真相がわかるまでだ。ただ、できるだけ事件に関することに絞れ。どうでもいい質問で時間を無駄にするな」

「わかりました。大丈夫です。そういうゲーム得意なんで」

そう胸を張る烏丸に、これはゲームじゃねぇんだぞ、と言いかけて百鬼は堪えた。

本来であれば、謎が解けたと言った現が真相を話せば終わる話なのである。それをわざわざ、質問を繰り返し答えてもらって真相を明らかにしようというのだから、遊んでいると思われても仕方ないだろう。烏丸がゲームのように感じたとしても、責めるのはお門違いだ。

「オニさん、早くやりましょう。私たちがウツツ君に質問をする。ウツツ君はその質問にハイとかイイエで答える。その繰り返しで事件の謎を解く。それでいいんですよね?」

割り切りがよいのが彼女の長所でもある。

「その通りだ。ウツツに質問するときは、手をあげてくれ。独り言なのか、質問なのか、見分けがつかないからな」

「わかりました。では、質問します。ウツツ君に恋人はいますか?」

すぐに手をあげた烏丸に、百鬼は僅かに顔を顰めた。

「関係ナイです」

困り顔だった現が微笑して答える。どうでもいい質問で時間を無駄にするなとの百鬼の注意を無視した烏丸が面白かったのだろう。

「オニさん、言いたいことはわかります。ですが、質問はどんなことでもよい、ってルールですよね。それに学生にとって恋愛はどうでもいいことではありません。私も学生だったときは様々な片思いをしたものです……ま、それはどうでもいいですが、まずは肩慣らし。準備運動です」

まぁ、いい。烏丸はムードメーカーが適任だ。現が「信用できる参加者が多いほど真相が明らかにできる」と言うから仕方なく連れて来ただけだ。

溜息を一つ吐いてから、百鬼も手をあげた。最初に明らかにすべきことは他にある。むしろ、それさえ確認できれば、事件は解決したようなものなのだ。

「雨森夏穂は自殺で間違いないな?」

「ハイ」

現はしっかりと頷く。

「日笠明も自殺だ」

「ハイ」

「相田真美は雨森も日笠も殺していない?」

「ハイ」


「よし。二人は自殺。相田真美はシロだ。これで事件は解決だな」

そんな百鬼を烏丸が険しい目つきで睨んできた。

「オニさん、なんなんですかそれ。なんでいきなり推理小説の最後を確認して犯人の名前見て終わるみたいなことするんですか。ズルですよ、それは」

「事件解決にズルいもクソもあるか」

「絶対ズルいです！　ウツツ君が自殺だと断言しました。ハイ一件落着、とはいきませんよ。ミステリで大事なのはホワイダニット。動機や理由、原因じゃないですか」

「俺はまず自殺かどうかを確認しただけじゃねぇか。何が気に入らねぇんだ」

「順序の問題です。自殺なら自殺で、納得のいく理由を明らかにした上で、自殺だと判断すべきです。なんで結果を先に聞いちゃったんですか」

烏丸は不満そうに口を尖らせている。

「自殺の理由はこうですか、ああですかなんて、ちんたら聞いてられるか。俺たちに求められている判断は何だ？　相田を出国前にパクるかどうかだろ。だから聞くべきことは、相田が二人を殺したかどうかなんだよ」

「それはそうですが、まだウツツ君が本当に謎を解いたのかどうかも確認がとれてません。何の確証もなしに、自殺だという結果を前提にするのは間違ってます」

「わかってねぇな。俺たちはハイとイイエの返答で事件の謎を解き明かそうってんだ。お前の知ってるミステリとは全く別物の推理アプローチだってことを理解しろ。俺だって事件の謎は気になってる。答えを確認してから、理由を明らかにしていったって何の問題もねぇだろ」

「いやいや、それって結婚してから二人の愛を確かめるみたいな話ですよね？　違うんですよ。愛を確かめあった二人が結婚するんです。いきなり結婚してみたけど、そこに愛がなかったから離婚するのは本末転倒です」

　現はまた困った顔になって、会話の応酬が終わるのを待っている。

「そうじゃねぇって。お前にも理解できるように言ってやろうか？　目の前にいるウツツをシャーロック・ホームズだと思え。ホームズが推理を間違えることがあるか？　名探偵を疑うな。謎は解けたんだ。俺たちはワトソンよろしく、名探偵様に事件のことを質問して、答えを教えてもらえりゃいいんだ」

「ウツツ君は絶対に正しいってことですか？」

「ああ、そうだ。ウツツの返答は絶対に正しい。いいから、続けろ」

　売り言葉に買い言葉だが、間違ってはいない。

「わかりました。ひとまず、雨森と日笠は自殺、相田はシロってことでいいです」

　烏丸はふくれっ面で手をあげた。

「じゃあ、質問します。雨森が自殺したのは、日笠と相田の浮気が原因ですか？」

「イイエ」

現は手元を一瞥すると、顔を烏丸に向けてそう答えた。

いつまでも烏丸を相手にしていられないので、百鬼も思考を切り替える。

雨森が藍の花を握って死んだことには意味があるはずだ。

だが、藍の花の意味を現に聞くことはできない。「藍の花の意味は何だ?」は、ハイとイイエでは答えられない質問だからだ。その意味を明らかにしたければ総当たりでいくしかないが、それには時間がかかる。だから、藍の花の意味は、手探り状態の今ではなく、もう少し目星がついてから聞くべきだろう。であれば、日笠の自殺の動機から攻めるのはどうだろうか。

雨森の死と日笠の自殺は繋がっているはずだ。

百鬼は手をあげる。

「日笠が自殺したのは、雨森が藍の花を握っていたからか?」

「ハイ」

「藍の花は雨森から日笠への何らかのメッセージだったたってことか?」

「ハイ」

そこで烏丸が目を丸くした。

「ほら、やっぱり私の言った通り、ダイイングメッセージだったじゃないですか。だとしたら、藍の花が意味するのは、ずばり、犯人である相田真美のことですね?」

「イイエ」

その返答がイイエになるのは、聞かずともわかることだ。

「相田は雨森も日笠も殺してねぇって初めにウツツが言ったろ。相田が犯人だって言葉が余計なんだよ。ウツツの返答は絶対に矛盾しねぇんだからな」

現の返答に矛盾があったら、推理が成立しなくなるのである。

「なるほど。犯人であるって言葉が要らなかったわけですね……じゃあ、もう一度聞きます。藍の花が意味するのは、相田真美のことですね？」

「イイエ」

「結局イイエじゃないですか。なんで、オニさんの質問は全部ハイなのに、私のはイイエばっかり……」

「いや、イイエでも十分だ。藍の花が意味するのは相田真美のことじゃないってのが確定する。そうだな……お前の言っていた花言葉の方じゃねぇのか。雨森は藍の花言葉で日笠に何かメッセージを伝えたとか？」

「ハイ」

「わ。花言葉は私の気づきじゃないですか。勝手に取らないでくださいよ」

どうでもいいことに彼女は引っ掛かる。

「そんなもん誰が聞いたっていいだろうが……だが、なんでそんな回りくどいことしやがったんだ」

花言葉を使わなければいけなかった理由でもあるのだろうか。

「確か、藍の花言葉は〝あなた次第〟それから〝美しい装い〟だったはずですが……」

烏丸は首を傾げて考えた後、小さく手をあげる。

「もしかして、雨森が花言葉で伝えたかった〝あなた次第〟のあなたとは、日笠のことですか？」


「ハイ」


「よっし。初めてハイもらった！　雨森がメッセージを伝えたい人物なんて、日笠か相田のどちらかに決まってますから」

彼女はご満悦な様子で続ける。

「つまり、雨森は日笠に〝あなた次第〟だったと伝えたかったわけですね。でも、何が〝あなた次第だった〟というんでしょうか」

「順当に考えりゃ、雨森の自殺が日笠次第だったってことだと思うが」

「なるほど。日笠にご遺体が藍の花を握っていたと伝えたとき、何か様子がおかしかったのはそのせいですかね」

「……そう言われりゃ確かに変だったな。まぁ、恋人の自殺が自分次第だったと気付いてしまったのなら、おかしくもなるだろうが。あのとき、日笠は何て言ってたんだっけな」

百鬼はボイスレコーダーを操作してその部分を探り、再生した。


『……どうして言ってくれなかったのかな』

『何をです？』

『そんなこと、言われなければわからないじゃないですか』

『もしかして、自殺の動機ですか？』

『……ええ、そうです』


事情聴取のときは、自殺の動機を雨森の口から聞かされなければわからない、と日笠は言ったのだと思っていた。しかし、花言葉がダイイングメッセージだとわかった上で聞くと、違う意味に聞こえる。つまり、日笠は雨森の〝あなた次第だった〟というメッセージを受け取って〝そんなこと言われなければわからない〟と答えたのだろう。

きっと藍の花言葉で、日笠は雨森の自殺の動機に気づいたのだ。

そう考えると、まさかと疑うような事実に思い至る。

「日笠は花言葉の意味に気づいたから自殺した？」

百鬼の質問を受けて視線を下げた現は、難しい顔で答えた。

「ハイ」


「おいおい、一体、日笠は何をやらかしたんだ？」

その返答に、質問した自身でも驚いてしまう。

「ええ？　日笠は花言葉の意味に気づいたから自殺した？　花言葉の意味って〝あなた次第〟ですよね？」

「そうだ。雨森は〝日笠次第だった〟と伝えて自殺した。つまり、雨森が死を決意するほどの過ちを日笠が犯したってことなんだろう。だが、それは相田との浮気じゃねぇ。それはお前がさっき〝イイエ〟をもらった質問だからな。他には何がある？　結婚を間近に控えた女が死を選ぶような男の過ちなんざ、俺には浮気ぐらいしか思い浮かばねぇが」

日笠のとった行動でそれらしく思えるのは、相田に〝恋人へ贈る花束〟を持っていったことだろうか。

しかし、それがなんだ？　花屋が客に花束を用意して何が悪い。そこに愛がこもっていたかなら？　そんなの見てわかるか。考え過ぎて頭が痛くなってきた。

そのとき、烏丸が何か閃いた顔をする。

「雨森が死んだ理由に映画『プラトニック・ラブ』は関係ありますか？」

「ハイ」

質問を聞いて、そんなわけがないと即座に考えた百鬼は耳を疑った。確かに二人が直前にとった行動は映画鑑賞だが、まさかそこに結び付くとは思わなかった。

「私、わかっちゃいました」

したり顔になった烏丸が、手をあげる。

「きっと、雨森は日笠と『プラトニック・ラブ』の感想で、意見が合わなかったんですよ。だから自殺した。そうですよね？」

しかし、現は答えない。困惑した顔で手元をじっと見つめている。

「あれ、ウツツ君どうして答えてくれないんですか？」

「あ、すみません」

現は顔を上げた。

「……さっきの質問ですけど、ハイでもイイエでもなく、わからなくもないし関係ないとも言えない、が返答です」

「おいおい、なんだそりゃ。どういうことだ……？」

そのとき百鬼は、ふと思いつく。

「じゃあ、聞き方を変えてみるか。雨森の自殺の原因が映画の感想で意見が合わなかったからってのはそうなんだが、それだけじゃねぇってことならどうだ？」

「それなら、ハイです」

現はよかったとばかりに表情を和らげて答えた。

「オニさん、どういうことなんですか。私、ついていけてません」

烏丸は思考に瞬発力はあるが、論理的に考えるのは苦手らしい。

「お前の最初の質問にたいして、ウツツは返答ができなかった。なぜなら、どの返答も違うからだ。ハイでもなくイイエでもなく、わからないわけでもなく関係なくもない。つまり、お前の質問は事件に関係ある上に、正解であり、不正解だった。そう考えると〝雨森の自殺の原因は映画の感想で意見が合わなかった〟は正解だが、それだけじゃ正解とまでは言えねぇってことなんじゃないかと思ったわけだ。他にも理由があるってことだな」

「はぁ、なるほど」

わかってなさそうな顔で彼女は頷く。

「だがよ、『プラトニック・ラブ』の意見が合わないってのはなんだ。あれは確か、御曹司が熟女フェチだったたって映画だろ。日笠が御曹司の選択を支持したのが気に入らなかったのか？わかったぞ。日笠は相田と浮気してたんじゃねぇな。どっかの熟女と浮気してたんだ」

「イイエ」

手をあげてないのに現が答えた。

今のは質問じゃねぇよ、という言葉を百鬼は飲み込んで渋面になる。

「広海さん、初めて推理を外したね」

意地悪くそう指摘した現に、幼い頃の面影が重なった。昔から百鬼の失敗を見つけては、それを口にして喜んでいた姿が思い起こされる。

一方、腕組みで悩んでいた烏丸が何かを思いつく。

「……オニさん。雨森夏穂は美人でしたよね？」

「あぁ、遺体の写真しか見てねぇが、ありゃ相当な美人だったろうな」

「確か、日笠は『プラトニック・ラブ』の感想で〝御曹司が元に戻った母親を選んだのは正しい判断だった〟と雨森に言ったんです。でも、雨森の意見は違った。御曹司には熟女の姿に戻った主人公じゃなくて、主人公の娘である美人の大学生を選んで欲しかったんじゃないでしょうか」

「なんでだ？　どんな姿になっても中身を愛してくれる男が素敵って話なんだろ？　お前、若い女を選んだ俺のこと、上っ面しか見えてねぇとか馬鹿にしてたじゃねぇか」

「私はそうです。上っ面しか見ない男は嫌いです。でも、雨森は違ったんですよ。自分が美人だから、外見で判断して欲しかった」

「外見なぁ……でも、大体、外見にはそいつの性格だとか本性が表れんだよ。悪い奴は悪い顔してるもんだ。雨森に隠さなきゃいけないような内面があったとも思えんが。まぁ、俺みたいに、内面と外見が一致しないというレアケースも――」

「あーーーっ！」

突然、烏丸が立ち上がって叫んだ。

「おい、やめろよ、うるせぇな。そこまでキレることねぇだろうが」

「オニさん、キャッサリンですよ！」

「は？　キャッサリンってなんだ」

「相田の飼ってる猫です！　エキゾチック・ショートヘアの」

「それがどうした？」

「あれ？　相田はどうして、あのとき――」

百鬼の質問には答えず、烏丸は考え込みながら部屋をウロウロし始めた。

「おいおい、何だ、急に」

ふいに烏丸は足を止めると、手をあげる。

「雨森がトリカブトの毒を飲んで死んだことには意味がある？」

「ハイ」

「でも、そこにトリカブトの花言葉は関係がない」

「ハイ」

「トリカブトには、花言葉以外にも何かメッセージが込められている？」

「ハイ」

満足気に頷いた彼女は、ポケットから携帯電話を取り出して触り始めた。

「おい、俺にもちゃんと説明しろよ」

烏丸が何か摑んだのは間違いないが、百鬼にはさっぱりわからない。先ほどとは立場が逆転してしまった。

「ちょっと待ってください。今、トリカブトについて調べてます。相田で思い出したんですよ。雨森がトリカブトで服毒死したって言ったら笑ったじゃないですか、あの人」

「それがどうした？」

「あった！　やっぱり！　何なの、あの女！　めちゃくちゃ性格悪い」

烏丸は鼻息荒く大股で百鬼の方に歩いてきて、携帯電話を突き出し画面を見せる。

「オニさん、これがエキゾチック・ショートヘアの猫です」

画面には鼻が平らで目玉がクリクリした不細工な猫が表示されている。

「……おう、それがどうした」

「相田は、雨森のことをキャッサリンみたいで可愛いって言ったんです」

「似てねぇが？」

「はい。エキゾチック・ショートヘアは鼻ぺちゃのブサカワな猫ですから。それから相田は、北海道から出てきた雨森が公園のベンチでひどい顔をしていたって言いましたよね。あれ、雨森が何か気落ちしてたのかと思ったんですが、違うんですよ。そのまんまの意味でした。どうして、雨森が北海道からわざわざ上京して、こっちのフラワーショップに勤めたのか。しがらみを捨てて新しい生活を始めるためじゃないかって話でしたよね？」

さすがに烏丸の言わんとしていることがわかった。

百鬼は手をあげる。

「雨森が藍の花に込めたメッセージは〝あなた次第〟だけじゃねぇな。〝美しい装い〟の方もか？」

「ハイ」

片方がハイだったから、もう片方はイイエだと勝手に思い込んでいた。

だが、違った。両方ハイだったのである。

相田は雨森の秘密を第三者に仄めかして口にしても問題ない程度のものだと考えていたらしい。雨森はそんな相田の口から秘密が漏れることを考えなかったのだろうか。その可能性を考えもしないほど、相田のことを信頼していたのかもしれない。

百鬼は再びボイスレコーダーを操作して再生する。

『……僕は御曹司が元に戻った母親を選んだのは、正しい判断だったと思います。彼の〝僕が愛したのはあなたそのもの。どんな姿に変わっても、変わらない中身の美しさだ〟ってセリフ、いいなと思って。いくら年齢を重ねた姿でも、本当の姿が一番ですから。思っていたより面白くて、いい映画だった。夏穂にもそう言ったんですが、彼女的には期待外れだったみたいで、難しい顔で〝そうね〟って』

百鬼はまた手をあげる。

「雨森は美容整形をしていいいいいいいた。それが藍の花に込められた〝美しい装い〟の意味だな？」

「ハイ」


相田は北海道から出てきた雨森の面倒を見てやったと言っていた。雨森の本当の顔を知っていることから、美容整形の手伝いもその面倒のうちに入っていたのかもしれない。

「つまり、こういうことか。結婚を間近にして、出会う前に美容整形したことを日笠に告白しようとした雨森だったが、彼に受け入れられないと悲観し、自殺して藍の花言葉でもって整形を日笠に伝えた？」

「ハイ」


核心に迫ってきたことを察して、現は緊張した面持ちになっている。

百鬼はさらに推理を展開する。

「状況から考えて、雨森は日笠と映画鑑賞に行く前には、トリカブトの根からアコニチンを抽出し終えている。つまり、これは発作的ではなく計画的な自殺なんだ。雨森は相当な覚悟をしている。こりゃ、プチ整形ってレベルじゃねぇぞ。別人くらい顔が変わってんだな。だからこそ、雨森はかなり思い詰めてた」

いつ整形がバレるかとビクビクしながら、共に生きていくことは難しいだろう。雨森側の家族は彼女の本当の顔を知っている。隠し通せるものではない。だから、雨森は結婚の前に必ず日笠に告白しておかなくてはならなかった。

「雨森は自らの秘密を暴露する前に〝恋人の外見が美しく変わる〟という『プラトニック・ラブ』を見せることで、日笠の反応を窺ったんだ。だが、映画を見た日笠は、よりにもよって雨森に『本当の姿が一番』だとか言っちまった。それが雨森の自殺の最後の一押しになったんだ。雨森が日笠に期待したのは〝美しい装い〟を施した、つまり、美容整形で美しくなった自分が一番だと受け入れてもらうことだったのに」

烏丸は神妙な顔で頷く。

「日笠の感想から雨森はそれが叶わないと悟ったんですね。だから、自分の美容整形について言い出せなかった。雨森と日笠では価値観が違ったから。そんな価値観の違いに薄々気づいていたからこそ、自殺の用意をしてたのかもしれません」

「なぁ、トリカブトにはどんな意味があったんだ？」

「トリカブトの根のことを附子《ぶす》というそうです。トリカブト中毒で神経障害が起こって顔面に麻痺の症状が表れることから、いわゆる、不細工のブスの語源とも言われています」

「つまり、雨森がわざわざトリカブトからアコニチンを抽出して飲んだのは、ブスが原因で死んだというメッセージを込めるためだな？」

百鬼は手をあげて現を見た。

「ハイ」

自殺一つに込められたメッセージの多さから、決して口にしなかった様々な思いを日笠に伝えたかった雨森の執念を感じる。彼女は自分の思いを素直に表に出すことがひどく苦手な人間だったのだろう。それゆえに、苦悩を溜め込んでしまったのだ。

百鬼は最後に一つ確認する。

「そんなトリカブトの根と藍の花に託された雨森のメッセージから、雨森が整形を隠していて告白できなかったことに気づいた日笠は、自分の不用意な言葉が彼女を傷つけて死に追いやってしまったことを後悔して自殺した」

それを聞いた現は、悲し気に視線を落として、答えた。


「ハイ」


百鬼は椅子の背もたれに身体を預け、天井を仰ぐ。

だから、日笠は言ったのだ。

『そんなこと、言われなければわからないじゃないですか』

日笠は雨森が死ぬまで美容整形に気づかなかった。

「……死んで花言葉なんかで伝えずに、ちゃんと腹割って話してりゃうまくいったのかもしれねぇのにな」

雨森は自分が日笠へ残したメッセージで、彼が後追い自殺を決意することまでは想定していなかっただろう。それほど日笠が雨森を愛していたことがわかっていれば、歩み寄ってもらえることも可能だと判断できたに違いなかった。

まったくもって、救われない話である。

「これが真相なんですね」

烏丸がポツリと呟く。

「ウツツ君の返答から、私たちが推理を展開していくことで、真相が明らかになる。まだ信じられませんが、これほど筋の通った真相は他にないと思います。まるで私たちが――」

そこで彼女は何かに気づいた。

「まさか、オニさんがさっき言った、ここにいる名探偵って、私たちのことだったんですか？　私たちがしたことって、名探偵の推理みたいじゃないですか」

「それは、イイエだ」

面白い発想だが、違う。

「……まぁ、普通にウツツ君が名探偵ってことですよね。ウツツ君が先に謎を解いてくれていたからできた推理ですし。その前提が崩れたら、私たちの推理も成立しませんから」

「それもイイエだ。ウツツは名探偵じゃない」

「いや、それはおかしいですよ……オニさんはウツツ君のことをシャーロック・ホームズだと思えって言ったじゃないですか。名探偵を疑うな、謎は解けたんだって」

「思えと言っただけで、ウツツが名探偵だとは言ってないだろ」

「えぇ？」

　腑に落ちない様子の烏丸に、現が話しかける。

「広海さんの言う通りです。僕は名探偵じゃありません。でも、事件の謎を解いた名探偵はちゃんとここにいるんです。確かにいるけど、僕たちには見えないだけで」

「見えない名探偵がここに？　ちょっと待ってください。私、からかわれてます？」

「いえ、そんなことしてません。なぜ、謎を解くために、広海さんや烏丸さんが質問を繰り返さなくてはならなかったのか。それは、謎を解いた名探偵に実体がなくて事件の真相を自らの口で語ることができないからなんです」

　黒い箱を手に取って立ち上がった現は、その中に入っていた何かを摘まんで烏丸に渡した。

「なんです？　これ」

「それが、見えない名探偵がいる証拠です」

困惑する烏丸の手にあるのは、透明な青いダイスだった。

「なぜかわからないけれど、質問するとそのダイスが動いてダイスの目が変わるんですよ。今回の事件の真相も、僕には全然わからなかった。僕はただ、烏丸さんたちが質問すると、黒い箱の中に入れたダイスの目が変化するので、それを読み取って、ハイとかイイエとか答えてただけなんです。正直、どうしてそんな現象が起こるのか僕にもわからなくて。それでも確かなのは――」

現は困った顔をして言う。


「見えない名探偵には、どんな謎でも解けるんです」


「なんなんですか、その不思議現象は。オカルトじゃないですか」

驚きを通り越して、烏丸は半笑いになっている。

目には見えない名探偵に質問をするとダイスの目を動かして答えてくれる。そう説明されて、納得できる者の方が稀だろう。かつての百鬼もそうだった。烏丸に事前に説明しなかったのは、実際に経験してみないことには、到底信じられないからである。

「お前さっき言ってたじゃないか。色んな名探偵がいていいってな」

二人が黙ったのを見計らって百鬼は言う。

見えない名探偵の存在は、超常現象過ぎて、大っぴらに口にすることが憚られるようなことだ。烏丸に明かすかどうか、百鬼は正直迷っていた。しかし、現は彼女になら秘密を打ち明けてもいいと判断したらしい。確かに烏丸なら〝不思議な名探偵〟で受け入れてくれそうに思う。

「今回の事件も真相が明らかになった。どうであれ、それが事実だ。カラクリを説明されても納得できないならそれまで。俺たちが世話になったのは、世にも珍しい実在しない名探偵だったってだけさ」

「それは違うよ。広海さん」

そんな百鬼の発言に、現は顔を顰める。

「彼女は実在してる。存在が不確かなだけで、ずっと僕の傍にいるんだ」

「……ああ、そうだな。悪かった」

どうやら現には見えない名探偵を〝非実在〟ではなく〝不実在〟としたい気持ちがあるようだ。見えない名探偵が彼にとってどのような存在なのか、百鬼もよくわかっていない。

実は現からその存在を打ち明けられたのは、最近のことなのである。そもそも、現が見えない名探偵の存在に気づいたのも一ヵ月ほど前のことで、その正体については、まだ手探りだと聞いている。

つまり、百鬼も現もこの見えない名探偵が何なのか、はっきりとわかっていないのだ。今回の謎解きも、試してみるか程度の気持ちで、しっかりと結果が出たことに驚いていた。

「とにかく、この見えない名探偵は、自分が推理することなく周囲に推理させ、真相を明らかにするんだ。それが――」

百鬼は椅子から立ち上がって、ボイスレコーダーを上着の胸ポケットに入れる。

「〝不実在探偵の推理〟ってわけだ」

第二章

不実在探偵の存在証明

広海《ひろみ》たちと別れて大学を出た僕は、駅のホームで電車を待ちながら、今回の事件のことを思い返していた。

恋人が藍の花を握って死んだのを聞かされた男が自殺した事件。

その真相が明らかになったとき、広海は「死んで花言葉なんかで伝えずに、ちゃんと腹割って話してりゃうまくいったのかもしれねぇのにな」と呟いた。確かに衝突を恐れずに胸の内を打ち明けていれば、雨森《あまもり》と日笠《ひがさ》、二人とも死ぬなんて最悪の結末は避けられたのかもしれない。

でも、僕には胸の内を打ち明けられなかった雨森の気持ちもわかるのだ。

人に知られたくない隠しごとなんて誰にだってあるだろう。何もかもを白日のもとに曝け出す必要はないし、知らない方が幸せなことだってある。お互いにとって邪魔になるもの、余計なことなんて知らない方が円滑な関係を結べるはずだ。

今回の事件は、結婚という二人の関係性の変化を前に、秘密を暴露する必要に迫られた雨森が対処を間違えたがゆえに起きた悲劇だった。彼女は秘密の爆弾を胸の内に抱え続け、遂には爆発してしまったのだ。

ただ、悲劇を回避する方法は、雨森が秘密を打ち明けること以外にもあったと思う。

たとえば、日笠が雨森の秘密に気づけていたら話は違っていただろう。彼が雨森の秘密である美容整形を知り理解を示す。それができていれば、こんな悲劇は起こらなかったに違いない。

ホームに電車が滑り込んでくる。

僕は深く溜息を吐いた。

今、僕が憂えているのは、僕の傍にいる存在の不確かな何者かのことだ。

広海は不実在探偵と呼んだが、その正体は依然として不明である。青いダイスを使えば意思の疎通がとれるのだが、向こうはハイ、イイエ、ワカラナイ、関係ナイをその出目で僕に意思表示できるばかりで、なかなかその正体には迫れない。

幽霊？　意識だけの存在？　宇宙人？　異世界人？　妖怪？　神様？

思いつく限り聞いてみたが、返答はどれも同じ。


ワカラナイ。


名前も年齢も、どうして見えない姿で僕の傍にいるのかも、本人にはわからないらしい。質問を繰り返して、わかったことと言えば、女性であることくらいである。そんな〝彼女〟の類まれなる推理力は、ダイスを使った意思疎通のやりとりの末に発覚した才能だった。

僕と彼女は、この一ヵ月、ダイスで意思疎通をとりながら日常生活を送っている。

以前からの変化と言えば、僕がいつも黒い箱を持ち歩くようになり、事あるごとに独り言を口にし、箱の中を覗き見るようになったことだけだ。彼女の存在によって、命の危険に晒されたことや、不幸に見舞われたことは一度としてない。現状に何か問題があるわけではなかった。

　けれど――

　不実在探偵には謎がある。というか、謎だらけだ。

　なぜ、突然現れたのか。なぜ、僕の傍に居続けるのか。なぜ、姿がないのか。

　それらの秘密が、雨森の抱えていたような秘密だったら？

　僕はその答えを知らないままでいいのだろうか。

　雨森の秘密は、明らかにされなかったがゆえに悲劇を招いた。僕が気づいていないだけで、不実在探偵の抱えた秘密の時限爆弾が、悲劇までのカウントダウンをチクタクと刻んでいる、なんてことはないだろうか。

　どうして、僕がそんな不安を抱くかというと、僕は彼女に話しかけられるが、彼女からは僕に話しかけることができないからである。不実在探偵が危機的な秘密を抱えて僕の傍にいたとしても、彼女からは僕に何も伝えられないのだ。

　だからもし、本当に、不実在探偵がそんな秘密を抱えているのだとしたら、それは僕が気づいてやらないといけない。日笠がそうすべきだったように。

　雨森と日笠の悲劇を知ってからずっと胸騒ぎがする。

　現状に問題がなくても、僕の身に常識では考えられないことが起きていることに間違いはないのだ。

不実在探偵は、何者なのか。

一歩足を踏み出して、扉の開いた電車に乗り込む。

そして、僕は初めて彼女を知覚した日のことを思い返した。

※

「今日は何の話をする？」

病室のベッドの上で上半身を起こした三栖鳥《みすどり》は、ゆっくりと僕に顔を向けた。

訪ねるといつも彼女は開口一番に、そう問いかけてくる。

そしてこう付け加えるのだ。

「ここはひどく退屈でね」

クリーム色の壁。開いた窓から入る風が三栖鳥の前髪を優しく揺らしていた。

彼女の年齢は四十になったばかり。けれど、あまり日に当たらない生活をしているせいか、色白でもっと若く見える。肩で切りそろえられた黒髪に、小顔には不釣り合いに大きな眼鏡をかけていた。

「今日は聞いて欲しい話があるんだけど」

三栖鳥のベッドの左側にある椅子に腰かけた僕は、ショルダーバッグを開けて中を探る。

いつもは大学生活のことや、日常の些細な出来事を彼女に話すのだけれど、今日は彼女に話さなければならないことがあった。

「今朝起きて、キッチンに行ったら、このダイスがテーブルの上に置かれてたんだ」

僕は鞄から取り出した青色のダイスを彼女に見せた。

そのダイスはまるで青空をぎゅっと濃縮したように、青く透き通っている。

「一人暮らしだし、誰も家に来てないし、最近、ダイスを使うようなゲームも遊んでない。僕がダイスをテーブルの上に置いたとしか考えられないんだけど、その覚えがまったくないんだ。少なくとも昨日、テーブルで晩御飯を食べたときにはダイスなんてなかった」

僕からそのダイスを受け取った三栖鳥は、ポツリと呟く。

「これはプレシジョンダイスだね」

「プレシジョンダイス？」

「カジノでも使われている最高品質のダイスだよ。プレシジョンダイスは〝公平で精密なイカサマのできないダイス〟なんだ」

彼女はダイスを指で摘まんで説明し始めた。

「ほら、普通のサイコロと違って、角の部分を削ってある。頂点を面取りすることで、使用時に角が不均等に削れて確率に偏りが出るのを防いでいるんだ。それから、透明な素材を使うことで、中におもりや磁石などが仕込まれていないことが一目でわかるようにしている。さらには、掘った穴に同じ重さの樹脂を埋めて重さの偏りもなくしている。つまり、このダイスは確率を限りなく六分の一に近づけるための工夫が凝らされているわけだ」

三栖鳥から返されたダイスを僕は見つめる。

公平で精密なイカサマのできないダイス。博識な彼女の言葉通り、その青いダイスは透明で角が面取りされており、ダイスの目は埋まっていた。

「このダイスに見覚えはある？」

そう聞くと、彼女は首を横に振る。

「知識として知っているだけだね」

その返答は僕の期待したものではなかったので、少しがっかりした。

「ただ、僕はこのダイスに見覚えがある。手に取ってすぐに、これは僕が幼い頃にイマジナリーフレンドと遊ぶときに使っていたダイスだって気づいた。いつの間にかなくしてたはずなんだけど」

「イマジナリーフレンド。〝空想の友人〟だね」

かつて、僕にはとても親しい友人がいた。

顔ははっきりと思い出せないが、綺麗な女の子だった。少し年上のようにも思えたが、それは彼女が僕よりずっと賢かったせいかもしれない。

印象的だったのは、その瞳である。僕の心のうちまで見透かすような、まっすぐな強い眼差しをしていた。真っ白な部屋で彼女と毎日のように、この青いダイスを使って遊んでいたことを憶えている。

けれど、ある日のことだ。

——そんな女の子なんてどこにもいないよ。

そう告げられた僕の前に、彼女は二度と現れなかった。

子供が空想の友人《イマジナリーフレンド》を生み出して、実際に話したり遊んだりする。それは人間の成長過程で誰にでも起こりうる現象なのだそうだ。本人には実在しているように思えるが、実際は空想から生まれた架空の人物である。彼女もまた、僕がよく見ていた幻想の一つに過ぎなかったのだろう。

「このダイスが、なぜダイニングテーブルの上に置かれていたのか、考えてもよくわからなかった。だから、僕はとりあえず考えるのをやめて、ダイスを脇にあるキッチンカウンターに退けておいたんだ」

不思議ではあったが、大学に行く支度をせねばならず、いつまでも答えの出ない疑問に構っていられなかったのだ。

「そのあと、僕は朝食をそのテーブルで食べた。食べ終わってから食器を片付けて、歯を磨いて、着替えをして外出の準備を整えた。それから出かける前に何か飲もうと思ってキッチンに向かったんだ。そのとき、ふとテーブルに視線をやったら、あったんだよ。このダイスが。またテーブルの上にぽつんと置かれてた」

「カウンターに移動させたダイスが、元の場所に戻っていた?」

三栖鳥には要点を自分なりに解釈して端的に表現する癖がある。そして、その言葉について思考しながら、まるで探偵のような疑り深い目つきで僕を見るのだ。

「うん。キッチンカウンターを見たら、そこにダイスはなかった。びっくりしたよ。部屋の中に誰かいるんじゃないかって思って調べたんだけど、誰もいなかった」

「他に誰もいない部屋で勝手にダイスが動いた」

「そんなことありえないのに。それで、僕はもう一度ダイスをキッチンカウンターに移動させたんだ。それから、さっきと同じ行動を再現してみた。もしかしたら、またダイスが勝手に移動するんじゃないか、なんて軽い気持ちで。食器棚からグラスを取って、テーブルの上を見たら――」

すこしばかり間をあけてから続ける。

「やっぱり、ダイスがテーブルの上に移動してた」

「面白いね」

クスッと三栖鳥は笑う。

「ダイスから視線を外したのはほんの数秒だったと思う。誰かが部屋に隠れていてダイスを移動させたのなら、気づかないはずがないんだ。でも、周りには誰もいない。まるで見えない誰かが、僕が視線を逸らした隙にダイスを摘まんで元に戻した。そんな感じだった」

「ダイスの目はどうだった？」

「ダイスの目？」

三栖鳥は穏やかに微笑んでいる。

「カウンターからテーブルにダイスが戻ったとき、ダイスの目は変わっていた？」

「そこは注意してなかった」

「じゃあ、確かめてみよう」

「確かめる？」

「そのダイスをそこの窓枠にでもおいてくれないか」

「……いいよ」

僕は頷いて椅子から立ち上がり、窓へと向かった。窓は三栖鳥のいるベッドの右側、数歩先の距離で、彼女が手を伸ばしても届かない位置にある。

「ついでに窓は閉めて。急な突風でダイスが転がってしまう、なんて可能性をなくすために。あと、ダイスは目が１になるように置いてほしい」

言われた通りに僕は窓を閉め、窓枠に１の目を上にしてダイスを置く。窓の外側についた縦格子の柵、その細い隙間から青空と豊かな緑が見えた。

「それが終わったらこっちに戻ってきて」

僕は元の椅子に戻って座った。

「ダイスは君が目を離したときに移動する、だったね。試してみよう。じゃあ、私の手を握って」

突然差し出された両手に、僕は少しばかり戸惑った。

三栖鳥の手を握ることが嫌だったわけではない。けれど、彼女の身体に触れるという行為に思わずドキリとしてしまったのだ。でも、何を躊躇することがあるのかと思いなおし、僕は彼女の両手を握った。

「こうやってお互いに手を握っていれば、目を閉じている間に君や私がダイスを手に取って動かすことはできない。次は目を閉じて。私が十数えたら目を開ける。いいかな？」

「わかった」

目を閉じる前に僕はちらりと窓に視線を向ける。

窓枠の上には先ほど置いたダイスがある。

それを確認してから、僕は目を閉じた。

「一、二、三……」

三栖鳥がゆっくりと数字を数えはじめる。

そのカウントが進むにつれ、僕は徐々に心が落ち着いていくのを感じた。

今回の不思議な出来事は、おそらく僕の妄想なのだろう。

理由はわからないが、かつての幻覚症状が再び現れ始めたのだ。

今行っているのは〝目を離した隙に勝手に移動するダイスは僕の妄想であること〟の確認作

業だといえた。目を開けたとき、ダイスが移動していなければ、それが妄想だったことを僕は理解する。きちんと否定してもらえれば、あのときの彼女のように、僕の妄想は消えるはずだ。

「……十」

僕は目を開けて、窓を見る。

窓枠の上に置いたはずのダイスは消失していた。

「……っ」

驚いた僕は三栖鳥の手を放して、すぐさま窓へと向かう。

近寄って確認しても、そこにダイスはなかった。何かの拍子で窓枠から転げ落ちたのかもしれないと、床を捜してみるもどこにも見当たらない。

「ここにあるね」

そう呟いた三栖鳥の視線は、彼女のベッドの右側にある床頭台《しょうとうだい》に向けられていた。

床頭台の真ん中、三栖鳥の肩の高さ辺りで平らな台になった部分に、ダイスがぽつんと置かれている。透明で美しい青色。僕が持ってきたダイスで間違いない。

「どうして」

僕はそれ以上、言葉を続けられなかった。

ダイスが移動するはずがない。それは僕の妄想だったはずだ。両手を繋いでいた僕と三栖鳥には、ダイスを移動させることは絶対に不可能である。それなのに、ダイスは窓枠から床頭台へと移動した。

僕の妄想でないとしたら、現実的にどう説明できるというのか。

「イマジナリーフレンドが帰ってきたのかもしれないね」

「えっ？」

三栖鳥の言葉に僕は虚を突かれた。

「それを伝えるために、見えない君の友人が思い出のダイスをテーブルに置いた」

「いや、でも……」

そうだとしたら、本当に超常現象ではないか。

もし仮にイマジナリーフレンドが帰ってきたのだとしてもそれに実体はないのだ。物理的にダイスを持って移動させることなんて不可能だろう。

僕は今の結果をあくまで常識で考えようとしてみる。

「目を閉じている間、誰かが病室に入ってきたとか？」

第三者が介入すればダイスの移動は可能なはずである。

「誰か入ってきた気配があったかい？　私にはわからなかったけど」

僕にもそんな気配は感じられなかった。

もし、病室に入ってきた誰かがいるなら、その人物は音もなくドアを開けて病室に入り、足音や衣擦れの音の一つもさせず、窓枠の上のダイスを手に取って床頭台に置き、そっと病室を出たことになる。目を閉じて自然と耳をすませていた僕たちに気配を一切気取られることなく、三栖鳥が十数える間にそれらの行動をやってのけた。

不可能ではないが、現実的に考えてありえない。

そもそもこの病室は部屋から出られないように外側からロックされている。病室に入るにはロックを解除しなければならないのだが、そのとき、ガチャリとかなり大きな音がするのだ。何度も耳にしたその音を聞き逃すはずがない。

「置かれたダイスの目は2だね」

ダイスを見つめる三栖鳥は、愉快そうに笑んでいる。

確かに1の目を上にして窓枠に置いたダイスは、2の目に変わっていた。

「どうやら、私の意図に気づいてくれたみたいだ」

「意図って？」

「少し落ち着こうか。椅子に戻って。私の話を聞いてほしい」

理解が追い付かず困惑するばかりの僕は、そう促されて大人しく従った。

「黒い箱の中に入っているモノは何か。君はそれが当てられる？」

椅子に座った僕に、三栖鳥がいきなり言う。

「……黒い箱？」

「そう。外から中が確認できない黒い箱に何かが入っているんだ。何が入っていると思う？」

「ヒントがなかったら、そんなのわからないよ」

「そうだね。何のヒントもなければ、可能性は無限だ。当てるのは不可能に思える」

当然であるとばかりに彼女は頷く。

「では、こうしよう。黒い箱の中に何が入っているのか、君は私になんでも質問できる。そして、私はその質問にたいして〝ハイ〟と〝イイエ〟で嘘を吐かずに答えてあげる。どうかな」

「それなら、いつかは当てられると思うけど」

「そうだね。黒い箱の中に何かが入っている。それは食べ物ですか？　とか、生物《せいぶつ》ですか？といったふうに質問を繰り返して、それに答えてもらうことで、黒い箱に何が入っているのか、その答えを絞り込んでいける。やがて、それは果物ですか？　赤いですか？　アダムとイブが食べましたか？　みたいな質問に辿り着いて、ハイと答えてもらえれば、箱の中身が〝リンゴ〟だとわかるだろう」

僕にはまだ三栖鳥が何を言わんとしているのかがわからない。

「一つの謎にたいして、固定観念にとらわれず色んな質問をぶつけることで答えを見つける。その方法を〝水平思考〟と言うんだ」

彼女は床頭台に手を伸ばして、青いダイスを手に取る。

「このダイスが窓枠から、床頭台に移動したとき、その目は1から2に変わっていた。つまり、ダイスを移動させた何かは、ダ、イ、ス、の、目、を、変、え、ら、れ、る、というわけだ」

そして、ダイスを指で摘まんで僕に1の目を見せた。

「この1の目には〝ハイ〟、2の目には〝イイエ〟、3の目は〝ワカラナイ〟という、意味を与えよう。では、もう一度、このダイスを窓枠に置いてきてくれ」

俄かに僕の心臓の鼓動が早くなる。

三栖鳥が何をやろうとしているのか、わかった気がした。

僕は彼女からダイスを受け取ると立ち上がって、再び窓へと向かう。

「ダイスの目は6を上にしてくれ。それを初期の目としよう」

指示通りに、6の目を上にしてダイスを窓枠に置いた。

そして、僕は何も言わず椅子に戻る。

三栖鳥が両手を差し出してきたので、黙ってそれを握った。

自分の手が汗ばんでいるのを知覚する。

「私にもウツツにも見えないが、あなたはここにいる？」

宙に視線を向けた三栖鳥がそう呼びかけた。両手を繋いだ僕たちは、まるで降霊術や遠い宇宙から宇宙船を呼び出す儀式をやっているかのようだった。

彼女が目を瞑ったので僕もそれに倣う。

三栖鳥が十を数える。

さっきと同じ手順だが、今度は目的が違う。

「……十」

僕は目を開けて、窓を見る。

当然のように、窓枠の上からはダイスが消えていた。

三栖鳥が床頭台に視線を向ける。


「〝1《ハイ》〟だそうだ」


彼女から手を放した僕は、立ち上がって同様に床頭台を確認する。

平らな台の上には青いダイスがあった。

確かに1の目だ。

三栖鳥は、ダイスを動かした見えない何者かと、意思疎通をとろうとしているのだ。

思わず鼻で笑ってしまった。〝目を離した隙に移動するダイス〟は僕の妄想ではなく、どうやら本物の超常現象だったらしい。

「ついでにもう一つ聞いておこうか。手はもう繋がなくていいだろう。手を繋いでたってダイスは移動するんだからね」

それについて異論はない。

僕と彼女以外の何者かがダイスを動かしているのは確かだ。

「では続けて質問をするよ。もし、さきほどと同じ〝1《ハイ》〟の返事なのだったら、そのときは4の目に変えてくれ。4は〝さっきの目と同じ〟って意味だ。ダイスの目が同じで連続したのか、それとも、ダイスの目を変えなかったのか、こちらには判断できないからね」

その言葉は僕に向けられたものではない。


「あなたはウツツのイマジナリーフレンドか？」


三栖鳥が目を閉じて、数え始める。

立ち尽くす僕は置いてきぼりを食らったような心地でいた。ずっと理解が追い付いていない。今ここで起きていることは、本当に現実なのだろうか。

僕はカウントを続ける三栖鳥に視線をやり、小さく溜息を吐いてから、目を閉じた。

もう、なるようになれ、である。

「……十」

カウントが終わって、目を開ける。

三栖鳥が床頭台を一瞥した。

「〝3《ワカラナイ》〟だそうだ」

彼女はこの超常現象を当たり前のように受け入れたようだが、僕には無理だった。

こんなはずではなかった、と思う。

しかし、目を瞑っている間にダイスを移動させる見えない何者かとダイスを使って意思疎通をとることになるなんて、誰が予測できただろう。

三栖鳥が手を伸ばして青いダイスを手に取る。

「このダイスを移動させた誰かは何者なんだろうね。すごく謎《ミステリ》だ。まるで黒い箱の中に潜んでいるかのよう。その姿は見えないしわからない」

彼女は優しく微笑して、僕にそのダイスを差し出す。

「でもね、ウツツ。このダイスを使えば、箱の中身と意思疎通がとれる。だったら〝水平思考〟だ。固定観念にとらわれず色んな質問をぶつけてみればいい。答えは黒い箱の中にある」

三栖鳥の手のひらの上で、青いダイスが陽ざしを反射してキラリと光った。

「もし、答えを知りたくないなら、ダイスを受け取らずに帰ればいい。このダイスは引き出しの奥にでもしまっておくよ。全ての秘密を知らなくちゃいけない、なんてことはないんだから」

僕はその言葉に心をひどく揺さぶられた。

見えない何者かとダイスで意思疎通をとるなんて、はっきり言って異常だ。そんなことをして、何がどうなるというのだ。

でも——

そのとき、僕は胸が焦がれるような既視感を覚えた。

三栖鳥の手のひらの青いダイスが記憶と重なる。

『私が名探偵になるから、君は助手をやってくれる？』

そう言った少女の手には、青いダイスが煌めいている。

僕は——

「ありがとう。今日は退屈せずに済んだよ」

手を下ろした三栖鳥は視線を窓へと向けた。

僕の手の中には、あのときと同じで、青空をぎゅっと濃縮したような、青く透き通ったダイスがある。

※

僕の母親、菊理優芽《くくりゆめ》は小説家であり、三栖鳥は優芽の書いた小説の登場人物である。そして、僕が訪ねた三栖鳥は母親の優芽、本人だ。

ある出来事をきっかけに、優芽は伊達眼鏡をかけ、自分が三栖鳥だと主張し始めた。それ以来、優芽の人格は表に出ることなく、三栖鳥として生きている。

彼女は、優芽としての記憶がすっぽりと抜け落ちているが、その判断力、知力に翳りは一切ない。むしろ、以前より聡明になったとさえ言えるくらいだ。僕のことは自分の子供ではなく親しい知人であると認識しており、悩みごとには的確なアドバイスもしてくれる。

僕が度々彼女の元を訪ねて話をしたり、今回のように青いダイスを見せたりしたのは、いつか何かの拍子に優芽の人格が戻るのではないかと期待しているからだった。

そんな三栖鳥から教えられた方法で、僕は不実在探偵と意思疎通をとっている。

他にもっと良い方法があると思うかもしれない。

たとえば、コックリさんのような、あいうえお文字を一音ずつ書いた板に、ダイスを移動させてもらうことで、その文字を拾っていって文章を作る方法。この方法なら、ハイとイイエよりも複雑な意思表示を彼女にしてもらうことが可能だろう。僕もそう考えて試してみたのだが、うまくいかなかった。

どうやら彼女は、ダイスを移動させることに結構なエネルギーを消費するようで、頻繁に繰り返すと疲れ切ってしまい、しばらくダイスを動かせなくなるらしいのだ。そうなると、再び意思の疎通を行えるまで回復するのに時間がかかる。ダイスの移動で彼女に文章を作らせるのは、時間がかかる割にたいした成果を得られず、非効率的な方法と言わざるを得なかった。

ただ、ダイスの目をちょこちょこ変える程度の行動であれば省エネが可能なようで、何度繰り返させても疲れ切ってしまうとまではいかない。色んな方法を模索してみたものの、結局、ダイスを用いて〝1《ハイ》〟と〝2《イイエ》〟を答えてもらう方法が一番うまくいくと判明したのだった。

ダイスは誰も見ていないときにしか動かない。だから僕は黒い箱を用意してダイスを入れ、周囲の視線を遮り、自分が見る見ないの視線制御で、不実在探偵との意思疎通を円滑にしていた。黒い箱にしたのは、三栖鳥の「答えは黒い箱の中にある」という言葉に引っ張られてのことだ。正体不明の名探偵の居場所としては、黒い箱《ブラックボックス》がふさわしいと思ったのである。

これまで、不実在探偵がダイスの目で僕に嘘を吐いたことは一度もなかった。

ハイならハイだし、イイエならイイエ。ワカラナイことにはワカラナイとはっきり答える。意思表示は明確で、統一性があった。

なぜなら、ダイスの目で嘘を吐けば、僕とのコミュニケーションが成立しなくなるからだろう。ハイだった返事が意味もなくイイエに変わったら、ダイスの目から信用性が失われる。それでは意思の疎通がとれているとはとても言えない。彼女との異質なコミュニケーションは〝ダイスの目に嘘がない〟ことが大前提なのだ。その前提が覆るときは、僕と彼女の関係が終わることを意味していた。

現状、水平思考を利用した方法で、不実在探偵と意思の疎通をとることに問題はないと言える。しかしながら、そこには限界があった。

本来、謎や理由を明らかにするためには、それが〝なぜ〟なのか答えてもらうのがてっとりばやいのだが、ダイスの目は六通りしかなく、どう工夫しても、彼女は〝なぜ〟には返答できなかったからだ。〝なぜ〟に答えてもらうには、こちらが〝なぜ〟の答えを用意して、それにハイと答えてもらうしかない。

つまり、不実在探偵の正体を明らかにしたいのであれば、僕がその正体を摑むことが必要不可欠なのだ。

だから、僕は考えた。

不実在探偵が僕の架空の友人《イマジナリーフレンド》である可能性について。

幼い頃、現実と幻想が入り混じった世界に生きていた僕は、この世には存在しないモノのことをよく口にして、嘘吐き呼ばわりされていた。僕には見えても、他人には見えないのだから、そう言われても仕方がないことだっただろう。

大人たちは僕に憐憫の視線を向け、同年代の子供からは嫌われる。人々は妙な子供である僕を避けるようになった。そんな周囲の反応がおかしかったとは思わない。それでも「あの子とお友だちになるのはやめなさい」なんて言葉を耳にしたときは、かなりショックだった。

嘘を吐くのは悪いことだ。そんなことわかっている。

しかし、僕には嘘を吐いている自覚がなかった。自分に見えているモノの虚と実は、まだ幼く常識を備えていない僕にとっては区別できないことで、口にして誰かに否定されてこそわかるものだったからだ。嘘を吐いている自覚がないのに、自分が嘘吐きであることは確かである。その事実は僕を苦しめた。

そんなある日、僕は喋れなくなった。

喋ろうとしても、緊張と恐怖で頭が真っ白になる。口にしようとしていることは嘘だと糾弾されるかもしれない。そう思うと、言葉は喉の奥にへばりついて出てこなかった。

コミュニケーション不全に陥った僕は、人と接することが苦痛になった。

だから、僕はしばらく小学校には行かず、母のいる自宅か、父の職場で時を過ごした。父が僕を職場に連れて行ったのは、そこが特殊な環境だったからである。父は脳科学者という職業に就いていて、そこにいる大人たちは、何も喋らない僕を理解して受け入れてくれたので、僕にとってはストレスの少ない場所だったのだ。

そこである日、僕は架空の友人《イマジナリーフレンド》と出会った。

あるいは、生み出したというべきかもしれない。生まれてこの方、たったの一度も友人ができなかった僕は、ごく自然な思いとしてそれを欲したのだろう。

『私が名探偵になるから、君は助手をやってくれる？』

初めて出会ったときのことは鮮明に憶えている。彼女はそう言って青いダイスを差し出し、僕をゲームに誘ったのだ。

もちろん、僕は喋らなかった。けれど不思議なことに、彼女は僕が言葉を口にしなくても、こちらの考えがわかるように振る舞った。会話がなくても、コミュニケーションが成立したのだ。今にして思えば、彼女は僕が生んだ架空の友人《イマジナリーフレンド》であり、言わば僕の分身なのだから、こちらの思考がわかって当然だろう。

それでも彼女は、僕にとってかけがえのない初めての友人だった。

彼女とは父の職場で、二人きりで遊んだ。そのときの記憶は朧気なので、それはほんの刹那の出来事だったのかもしれない。けれど、僕にとっては永遠だったようにも思えた。

彼女は僕の名探偵だった。僕の考えていることは、何もかもお見通し。言葉にしなくても、真実を見抜く。そして、そのことは僕をとても安堵させた。

僕が何を口にしたって、彼女にはその虚実がきちんとわかっている。

真実は真実で、嘘は嘘でしかない。嘘だと糾弾する理由がないのだ。

それがわかった僕は、そのうちに、喉の奥にへばりついていた言葉を零した。

彼女が名探偵だったから、僕の何もかもをわかってくれていたから、だから、僕は話すことができたのだろう。

どんな言葉だったかは憶えていない。他愛のない一言だったかもしれない。

でも、僕が涙と共に零したそれに、彼女はきょとんとした顔をして、そして、当たり前のように微笑んでくれたのだ。

恐怖を一度、乗り越えたという事実は自信になった。

再び、僕が普通の生活に戻れたのは彼女のお陰だ。

おそらく、彼女は僕を救うために、存在していた。

自宅に帰ってきてリビングのテーブルに鞄を下ろした僕は、その中から黒い箱を取り出して蓋を開けた。

すると、彼女が姿を現す。

長い黒髪に白いワンピース。僕と同じくらいの年齢。ソファにちょこんと浅く腰かけて僕に視線を向けている。特徴的なのは、こちらの心のうちまで見透かすような、まっすぐな強い眼差し。

かつて僕が見た巨大クラゲや馬人間や妖精と同じ、この世界には存在しない空想の産物。

それは幻想であるがゆえに、筆舌に尽くしがたい美しさを備えている。

彼女は僕の架空の友人《イマジナリーフレンド》。

あの少女が成長しただろう空想の姿だ。

三栖鳥からダイスを受け取った後のことである。僕は黒い箱を用意してダイスをその中に入れた。そして、次に蓋を開けたとき、かつての架空の友人《イマジナリーフレンド》である彼女が姿を現したのだ。あのときと同じ服装、しかし、年齢は成長した姿で。

どうやら、黒い箱の蓋を開けて意思の疎通がとれる状態になると、僕の前にだけ彼女が姿を現すらしい。

このことはまだ誰にも伝えていない僕の秘密だった。
僕は黒い箱の中のダイスを摘まんで6の目を上にする。

「君はあのときの架空の友人《イマジナリーフレンド》なのか？」

何度繰り返したかわからない質問だった。
返答はいつもと同じで〝3《ワカラナイ》〟。
彼女は僕の質問に首を傾げる《リアクションする》。

なぜ、僕は再び幻覚を見るようになったのか。
そこにも何か意味があるのだとしたら。
不実在探偵は、何者なのか。
僕はその答えを見つけたいと思っている。

第三章

不実在探偵と殺神事件

頭の芯に響くような携帯電話の着信音で目を覚ました百鬼広海《なきりひろみ》は、ベッドにひっくり返ったまま手探りでその音源を摑み、即座に応答した。

「……百鬼だが？」

『烏丸《からすま》です』

重いまぶたを片目だけ開けて、枕元のデジタル時計を確認する。カーテンを閉め切った真っ暗な部屋に時計の数字がぼんやりと緑色に発光していた。

正午、真昼間《まっぴるま》である。

今日は久しぶりにとれたまともな休日であり、ほんの数時間前まで気持ちよく酒を飲んでいた。当然、アルコールは体内から抜けきっておらず、寝起きも相まってぼんやりした脳みそがもっと睡眠を欲している。

「……何だ？」

『お願いがあるんですが』

「……呼び出しじゃないのか？」

非番でも事件が起きれば、それに応じなくてはならない。

『違います』

「じゃあ、断る」

通話を切った。携帯電話を握ったまま、目を閉じて二度寝の態勢に入る。烏丸可南子《かなこ》も自分と同じように休みのはずだ。仕事でなければつきあう義理などない。用件も聞かずに断れば諦めるだろう。

意識を失いかけた瞬間、また着信音が鳴った。

百鬼は「クソ」と毒づいて電話に出る。

「しつこいぞ」

『事件の呼び出しなら応じるんですか？』

「そうじゃねぇんだろ？」

『まだそうではないだけで、この電話を無視したら事件になりますよ』

「はぁ？」

何を言っているんだコイツは。

『それに、私はオニさんじゃなくて、ウツツ君に用があるんです。オニさんが私とウツツ君の連絡先交換を邪魔したから、嫌々かけてる次第です』

「当たり前だ。お前、俺の知らんところで、ウツツを都合よく使うつもりだろ。そんなことは身内として許容できない」

そもそも、事件解決は刑事の仕事だ。学生である甥の菊理《くくり》現《うつつ》への協力依頼は慎重にならなくてはならない。

『不実在探偵の力がどうしても必要なんですよ！』

「ダメだ」

それきりで通話を切ろうとしたが、

『私、何度も電話かけますよ！　非番でも携帯の電源は切れない決まりですからね！』

耳を離した携帯電話から烏丸の大声が聞こえてきて、百鬼は思わず舌打ちをした。

電源を切らずに携帯電話をどこかへ遠ざけて無視することもできるが、烏丸の機嫌を損ね過ぎると明日からの業務に支障をきたす恐れがある。

仕方なく、もう一度、携帯電話を耳に当てた。

「用件次第だ。何が起きた？」

『サツジン事件です』

目が覚めた。そのフレーズを耳にすると、否が応にも脳が覚醒してしまう刑事の悲しい性《さが》である。

「殺人なら事件だろうが。とっとと連絡して――」

『違います』

「何が違う？」

『漢字が違うんです』

携帯電話の向こうで、烏丸が声を潜める。

『死んだのは、どうやら神様らしいんです』

殺神事件《さつじんじけん》？

「……神様が死んだ？　ニーチェかよ、お前は」

　思わず笑ってしまった百鬼は「クソ」と吐き捨てた。携帯電話の向こうにいる烏丸のしたり顔が目に浮かぶようだ。興味の引かせ方が小癪だった。

『現場はとある宗教施設なんですが、相当な量の血溜まりがあります。ですが、死体がどこにもありません。どこかへ移動させた形跡もなく、怪我人もいません』

　その状況であれば死体がなくても通報するのが筋だろうが、それをしない理由が烏丸にあるらしい。

「つまり、何だ、神様ってやつも人間様と同じように血が通っていて、刺されたら血が噴き出すってことか？」

『さあ、どうなんでしょう？　でも困ったことに、こっちでは神様が死んだってことでみんな納得してる感じなんですよね』

「そんなわけがあるか。馬鹿馬鹿しい」

　ふざけた話である。しかし、烏丸にとっても久しぶりの休日なのだ。百鬼をからかうために時間を使うとは考えられない。本当に困った状況だからこそ、電話してきたのだろう。

「わかった。俺が行く。だが――」

『朝まで飲んでて、お酒が抜けきってないんですよね？　すでにタクシーをそちらに向かわせているので、もうすぐ到着すると思います。それまでにシャワーでも浴びて頭をしゃっきりさせてください』

「それはそれは、どうもご親切に」

こちらが承諾すると踏んで先に手を回していたことも小癪だった。

『それから、ウツツ君は、絶対に連れてきてくださいよ！』

「あいつが暇だったらな」

『酔っ払いだけが来てどうするんです。何の役にも立たないじゃないですか』

休日返上で付き合ってやろうとしているのに何だその言い草は、と脳みその血管がぶちぎれそうになったが、自分は器の大きい人間なので、そんなことでキレたりはしない。

「ケツひっぱたくぞ、バカタレ！」

ちょっとだけ、器から溢れてしまった。

※

「彼女に行くか聞いたら1《ハイ》って言ったから僕も行くよ」

連絡すると現はそう快く了承した。

不実在探偵の意思を優先させるのは現らしいが、もう少し主体性を持った方がいいのではないかとも思う。不実在探偵の正体は今だ不明だ。何を企んでいるともしれない。疑えとまでは言わないが、意思決定を委ねるのはどうか。そんな言葉が口をついて出ようとしたが、小言臭いなと思って言わなかった。現にだって考えがあるのだろう。

身だしなみを整え、いつものスーツに着替えた百鬼は自宅前に止まっていたタクシーに乗り込む。そして、途中で現を乗せ、烏丸に指定された場所へと向かった。冷水のシャワーを頭から浴びたことで、飲酒の酩酊感は仄かな名残を感じさせる程度になっている。もともと酒に強い体質なので、酔いが多少残っていたところで問題はないはずだ。

到着した場所は都市部から少し外れたところにある教会だった。

三角屋根で蔦の這った白塗りの建物。正面の大きなステンドグラス窓がいかにも教会らしい。烏丸は、とある宗教施設と濁していたが特別珍しいものでもない。その前でタクシーを止め、料金の支払いでしっかりと領収書をもらった百鬼は、開いてある門扉からその敷地に入った。先日と変わらぬ模範的な男子大学生の恰好の現は、ショルダーバッグのベルトに手をかけて、物珍しそうにあたりを見回しながらついてきている。庭はきちんと手入れがされており、花壇には誰かが植えた花が咲いていた。入り口は建物の脇にあるようだ。

「オニさん！　こちらです！」

その声に視線を向けると、烏丸が教会の入り口で手を振っている。休日であるにもかかわらず彼女は見慣れたスーツ姿だった。

「お前、休みの日くらい、もっと色気のある女らしい恰好をしたらどうだ？」

「は？　色気のある女らしい恰好？　世の女性はそういうセクハラ親父のスケベな視線に辟易

としてるんです。どんな恰好がふさわしいのか迷って、無難なスーツを選んだだけなんですけど。私を性的な眼で見るの、やめてもらっていいですか？」

「見てねぇよ」

百鬼は烏丸に歩み寄って、領収書を突きつける。

「これ、タクシー代な。後できっちり払えよ」

「いやいや、こんな領収書は懐にしまっておくのが男らしさってやつでしょう。私に女らしさを求めるなら見せてくださいよ、ここで、男らしさを」

「断る」

僅かに顔を曇らせた烏丸だったが、現の姿を見つけると表情を切り替え、愛想のいい笑顔を向けた。

「ウツツ君！　ごめんね。忙しいところわざわざ来てもらって」

人見知りする現はまだ烏丸に慣れていないようで「あ、どうも」とだけ返した。

「それで、なんなんだ、神様が殺されたってのは」

「ちょっと声が大きいです。確かにそうは言いましたが、私はそうだとは思ってませんからね」

烏丸は声を抑えて言う。

「ここ、一見普通の教会に見えますが、そうじゃないんで気を付けてください」

「どういうことだ？」

「新興宗教団体〝神の眼《かみ め》〟の施設なんです。もともとは教会だったのを改修して使ってるそうで」

「神の眼ぇ？」

百鬼には聞き覚えがなかったが、なんとなく胡散臭そうに思う。

「ええ。この教会でのみ活動を行う小規模な宗教団体ですが、ネット界隈では時折話題にされるくらいの知名度があります。悪名ではなく、その特異性への興味から。他にはない面白い教義なので」

「……なんでそんなところにお前がいるんだ。信者なのか？」

眉を顰める百鬼の視線に烏丸は目を泳がせる。

「違いますよ。私も興味本位で、というかまぁ、それはおいおい説明します。とりあえず、中へ。ウツツ君も」

烏丸に連れられて、百鬼は開いた玄関の扉から教会の中へと入る。

すると、チャイムが鳴った。出入り口に来客センサーが備え付けられているらしい。

しかし、応対する者は誰もやってこない。

玄関ホールはタイル張りの床になっていて、外からの陽ざしが足元にステンドグラスの影を落としていた。すぐ右手に受付があるが、ガラス窓から中を窺うに人の姿はない。正面には様々な告知の紙やポスターが貼られてある大きな掲示板があり、その左脇に奥へと続く薄暗い廊下が見えた。外から見れば教会に違いないのだが、内装はあまりに質素で、まるで古い役所のようだった。

烏丸が奥の廊下へと向かったので、その後ろをついていく。

「入る許可はとったんだろうな？」

「はい。教祖の大神《おおがみ》さんが、通報しないのであれば調査に協力すると」

「通報しなければ？　されちゃまずい理由でもあんのか？」

「さあ。宗教施設なんで警察が入るのは嫌なんじゃないですか」

「お前が刑事だってことは承知なんだよな？」

「ええ、私の職業は明らかにしました」

「現場に刑事が居合わせたから仕方なく協力するってことか」

「どうですかね……新興宗教って聞くと、排他的なイメージがありますが、ここはそうじゃない感じがします。私も今日初めて来たばかりなんですけど、教祖さんは物分かりがいいといいますか、寛容な方みたいで。普通なら刑事なんて追い出そうとしそうなところを、同僚の刑事を呼んで調査するって私の提案にも応じてくれましたから」

「物分かりがよくて寛容、ねぇ」

それが信者を呼び込む手口なのではないかと勘繰ってしまう。

薄暗い廊下を進むと、やがて広い部屋に行きつく。

そこは待合室のようだった。二列に並べて置かれた長椅子には何人かがばらけて腰かけており、壁の上げ下げ窓からは庭の樹木と赤レンガの塀が見える。

百鬼たちが部屋に入るなり、そこに居た人物たちがそれぞれに立ち上がった。

立ち止まった烏丸が順に紹介し始める。

「こちらが教祖の大神さん」

一番手前に居た男が「大神です」と頭を下げる。

小柄で背が低く、真っ白な短髪の丸眼鏡をかけた七十代くらいの老人だ。

黒い立て襟の牧師服に身を包んでいて、瞳を象形化したような奇妙な形のペンダントを首から下げていた。温和な人柄を思わせる容貌だが、ひどく顔色が悪い。何か病《やまい》を患っているのではないかと疑うほどだ。

「そして、運営を任されている教導長《きょうどうちょう》の御子柴《みこしば》さん」

大神の隣に立っていた女が黙って頭を下げた。

腰にベルトがある丈の長いグレーのワンピースで、五十代くらいのきりっとした顔立ちの女性である。胸元まである黒髪にややつり目、背筋がピンと伸びており、手を前に組んだその立ち姿は堂々としていた。それなりの服装をさせたら、大神より教祖らしい威厳を備えるだろう。薄化粧の表情は固いが、落ち着いて見える。

「その隣が教団員の駒野《こまの》さん」

御子柴と同じグレーのワンピース姿の若い女が小さく肩を竦めた。

何度も脱色を繰り返して傷んだ金髪のショートヘア、耳には大量のピアス。まっすぐに切りそろえられた前髪の下の瞳はしっかりとつけ睫毛で縁取られている。そのようなギャルっぽい化粧やアクセサリーが、質素な服装からは浮いて見えた。まだ二十代前半といった駒野は、ふてぶてしく思える態度で興味なさそうにしている。

「奥にいるのが、信者の那須《なす》さん、若名《わかな》さんです」

大神たちとは少し離れた後ろに並んで立っていた女性二人が順に頭を下げた。

小太りで柔和な主婦っぽい服装をしているのが那須、スーツ姿のキャリアウーマン然とした人物が若名らしい。那須が四十代、若名は三十代前半くらいだろうか。ハンカチを口元にあてた那須は泣き腫らした目で鼻をすすり、不機嫌そうな顔つきの若名はじっとこちらの様子を窺っていた。

待合室にいたのはその五人である。

「刑事の百鬼だ」

非番なので警察手帳は見せられないがそう名乗った。

そのあとに現が「大学生の菊理です」と続く。刑事はともかく大学生は場違いに思えるはずだが、誰も何も言わなかった。

「早速ですが、どなたか現場への案内をお願いできますか？」

烏丸がそう切り出すと教導長の御子柴が「では、私が案内を」と即座に答え、駒野に視線を向ける。

「駒野さん、私が離れている間は、信者の方のことを頼みます」

教団員と信者の違いは運営側かどうかのようだ。同じグレーのワンピースを着ている御子柴と駒野が運営側の人間らしい。

そんな二人を教祖の大神が小さく手で制する。

「教導長、案内は私がしますので、ここに残ってください」

口の中がカラカラに渇いてしまったかのような、かすれた声だった。

「でも、教祖様がそのような――」

「いえ、何が起こったのか、私は知りたいのです」

正式な事件の捜査でもないのに協力的なのは、教祖の意向で間違いないようだ。

「しかし、教祖様のお顔色が優れないようですし、私もついていきたく思います」

御子柴が心配するのも当然だろう。百鬼から見ても、大神は今にも倒れそうなくらい具合が悪そうだ。

「……わかりました。では、教導長も一緒に」

大神は頷いて返すと、信者の方へと振り返った。

「お二人はここで座ってお待ちください。ご不便をおかけしますが、今しばらくの我慢をお願いします」

暑くもないのに、そのこめかみには汗が浮かんでいる。その言葉に若名はやれやれといった様子で腰を落ち着けるが、那須は座ろうとしなかった。

「教祖様、本当に〝解き明かす者《アンサラー》〟は死んでしまったのでしょうか」

深刻な顔で那須がおずおずとそう切り出す。

「ええ。私は確かに〝解き明かす者《アンサラー》〟の死を感じました」

「そんな……」

大神の返答に彼女は長椅子にへたり込むように座り、ハンカチで口元を覆った。やがて那須の嗚咽する声が、静かな待合室に響き始める。

つまりは、その〝解き明かす者《アンサラー》〟とやらが、今回死んだ神様なのだろう。

しかし、実在するわけでもない神様の死がそんなに悲しいものなのだろうか。百鬼にはとても理解できない感覚だった。那須の信者らしい反応で、ここが宗教団体であることを実感する。

「では、こちらへどうぞ」

先頭に進み出た大神は、並んだ長椅子の間を通り、座った一同の背後へと向かう。

長椅子の列から少し離れた場所に、両開きの大きな白い扉があった。

中央には金色で大きな目玉が一つ描かれている。おそらく〝神の眼〟を表現しているのだろう。百鬼にはそれが特撮ヒーロー番組に出てくる秘密結社が使っていそうなデザインに思えた。

「この先にあるのが〝対話の間《ま》〟です。そこに我が神〝解き明かす者《アンサラー》〟の像があります」

扉の傍らで振り返った大神が静かに告げる。

「……そのお姿に驚かれましても、質問は部屋の中に入り、扉が完全に閉じられてからでお願いします」

すっと御子柴が前に進み出た。それにより扉に向かって右側に大神、左側に御子柴がこちらを向いて控える形になった。

「では、扉を開けます」

「いや、ちょっと待ってくれ」

百鬼は上着のポケットから白手袋を取り出して制止する。

「念のため、手袋をつけてもらっていいですかね。現場に余計な指紋を残したくないんで」

大神は「ええ」と素直に白手袋を受け取った。

百鬼はもう一組の白手袋を反対側のポケットから取り出して御子柴に渡す。白手袋はよく使うので、使い捨てのものをポケットに幾つか入れてある。振り返るとすでに白手袋を身につけた烏丸が現に同じ物を渡しているところだった。百鬼も自分の手に装着する。

「これでよろしいでしょうか」

白手袋を身につけた大神が両手を掲げてみせたので、百鬼は「どうぞ」と促した。

大神が右側の取っ手に手をかけると、それに合わせて御子柴も左側の取っ手に手をかける。

二人は息を合わせるように、扉をぐっと押し開いた。

その先にあったのは窓一つない真っ白な部屋だった。

部屋の中央には巨大な眼球の物体《オブジェ》が台座の上に載せられている。

百鬼は思わず声を漏らしそうになった。

両開きの扉の中央に描かれていた金色の目玉が二つに割れると、向こうの部屋の中、同じ高さの位置にそれと同じモノが現れる仕掛けになっていたからだ。教団名が〝神の眼〟なのは、この神様が眼球の姿をしているからに違いない。

しかし――


その眼球から赤い液体が滴り落ちていた。

台座から溢れ出したその赤い液体がその足元で血だまりを作っている。

真っ白な部屋で大きな眼球が、真っ赤な血の涙を流しているのだ。


そこに死体もなけりゃ、怪我人もいない。

神様が死んだ。

百鬼の口元がつい綻ぶ。

「そりゃ、通報できねぇわな」

※

背後で静かに〝対話の間〟の扉が閉められた。しっかりした防音対策が施されているのか、透明な耳栓を耳に押し込まれたような閉塞感を覚える。

元はここが聖堂だったのかもしれない。広々とした部屋だ。

部屋に入ったのは教祖の大神、教導長の御子柴、百鬼と烏丸、それから現である。現はいつの間にか黒い箱を取り出して左手に持っていた。箱の蓋はすでに開いていた。

「俺が呼ぶまで、大神さんと御子柴さんのお二人は、ここで動かずにいてください」

百鬼はそう指示すると、烏丸と現を伴って眼球の像の元に向かう。

神殿の柱を思わせる台座の上に載せられたそれは漆黒の瞳孔、碧色の虹彩を持つ直径二メートルくらいの巨大な眼球だった。ガラスで出来ているらしい瞳の虹彩は見る角度で水面のように揺らめいて見える。美術品と言っても過言ではない精巧な造りだ。

眼球の表面はつるりとしていて、損傷はどこにも見当たらない。どうやら眼球の像が破壊されて赤い液体が零れ出ているのではないようだ。眼球下部の台座に溜まった赤い液体は、そこから溢れ出て柱を伝い、足元でふたたび溜まっている。

天井を見上げてみるが、とくに変わったことはない。上に惨殺死体でもあって、その血液が階下に漏れて滴り落ちてきている可能性はなさそうだ。

百鬼は台座に溜まった赤い液体に顔を近づけ、匂いを嗅いでみる。

事件現場で嗅ぎ慣れた鉄臭い匂いがした。

「……血だな。人間のものかどうかはわからんが」

そして床に片膝をつき、台座の足元に広がる血溜まりを観察する。

全体の血液量はざっと見積もっても二リットルはありそうだった。

「もし、これが一人の人間の出血だとすれば、死んでてもおかしくありませんよね？」

顎に手を当てた烏丸が思案ながらに言う。声を抑えているので、離れている大神たちに会話が聞こえることはないだろう。現は何も言わず、血溜まりの外から遠巻きに眼球の像をまじまじと観察している。

「そうだな。水で薄めてるって感じでもなさそうだ。だが、怪我人はどこにもいない？」

「施設内部をざっと確認しただけですが、怪我人もそのような痕跡も見つけられませんでした。大神さんたちも、先ほどの待合室にいたので全員だと言っています」

人間は全血液量の二十パーセントを短期間に失うと出血性ショックに陥る。五十パーセントともなれば心停止だ。短期間にこれだけの血を失った場合、かつ一人の人間からのものなら、死亡していると考えていい。

「それで、この目玉はなんだ？」

「この眼球は〝神の眼〟が信仰する〝解き明かす者《アンサラー》〟と呼ばれる神様の像ですね。〝神の眼〟はこの世の全ての謎に答えることを謳う教団で、その謎に答える超常の存在が、この〝解き明かす者《アンサラー》〟だとか」

「この世の全ての謎に答える神様？」

現はそのフレーズが気になったようで、烏丸に視線を向けた。

「ええ。謎、疑問、運命、といった不可解なもの、その全てに必ず答えがあるそうで、その答えへと信者を導くのが〝神の眼〟の教義だそうです。過去に警察に協力して、迷宮入りした事件を何件も解決に導いた実績もあるとか」

「……まるで推理小説の名探偵みてぇだな」

眉唾物だと百鬼は思ったが、すぐにそれが不実在探偵と同じような存在であることに気づいた。警察に協力して事件の謎を解く姿なき謎の名探偵。その点で両者はよく似ているのだ。不実在探偵がいるのだから、神様の名探偵がいてもおかしくはない。

「まぁ、それはホームページに記載されていた情報で真偽は定かではないですが……そこに肘掛け椅子がありますよね？」

眼球と向かい合うように、座り心地の良さそうな肘掛け椅子が置かれていた。眼球からは五メートルほど離れていて、血はその椅子の脚までは到達していない。

「そこに座って〝解き明かす者《アンサラー》〟と対話することで謎が解かれるそうです」

「……どうして〝眼球〟の姿をしてるんだろう。対話するなら口がないとなぁ」

そう首を傾げる現に、百鬼も同感だった。眼球が喋ることに違和感を覚える。対話をするのであれば、ローマにある真実の口のような顔の方が話しやすそうだ。

「〝神の眼〟では週に一回、〝解き明かす者《アンサラー》〟と対話する〝神託の儀〟が開かれます。それは信者ではない一般の人でも参加できるのですが、人数が限られているので競争率が高く、なかなか参加できません。ただ、信者になると優先的に参加させてもらえるそうなんです。繰り返し参加したいって人が入会金を払って信者になる感じみたいですね」

そこでようやく合点がいく。

「なるほど。その〝神託の儀〟があったのが今日で、お前は一般参加者ってことか?」

「ええ、そうです。私、一年前に申し込んでて、この間、メールに返信があったんですよ。でも、参加費が十万円で……信者だともう少しお安いらしいんですが、ちょっと十万円は悩む金額ですよね。どうしようかなーってすごく悩んだんですけど、全ての謎に答えてくれる神様とか、ミステリマニアとしては黙っていられなくて」

自分が稼いだ金を何に使おうと自由だが、百鬼ならそんなことに使わない。

「それで、お前がこれの第一発見者ってことでいいのか?」

「はい。ここに来て、さっきの待合室でいろんな説明を聞いて、ようやく扉が開かれたら、こんな状態でした。そのときは、眼球が血の涙を流してる状態が普通なのかなと思ったんですが、大神さんや御子柴さん、それから駒野さんがすごく動揺していて……急に大神さんが『我らが神が死んだ』って言ったんです」

神が死んだと言い出したのは教祖の大神のようだ。

「その場にいたのは、それだけか?」

「ええ。那須さんと若名さんは待合室にいましたので。御子柴さんと駒野さんが扉を開けて、大神さんは私の傍にいました」

現は首を捻る。

「どうして、血の涙を流したら、神様が死んだってことになるんだろう？」

「言われてみれば、そうですね。何か不吉なことが起きるときに、マリア像が血の涙を流したみたいな逸話は聞いたことがありますが……ただ、もし眼球が血の涙を流したのなら、その血は台座の足元で血溜まりを作って、円のように広がるだけです。でも、ほら見てください。この部分、まるで誰かが血を垂らして歩いた跡に見えませんか？」

烏丸が指さしたのは、血溜まりから部屋の左奥へと点々と続く血の道筋である。確かにそれは、ボタボタと血を垂らして歩んだことによってできた血の道に見えた。

「この血はドアへと続いているんです」

百鬼が血の道をたどって部屋の左奥へと向かうと、烏丸と現もそれに続いた。

血の道が行きあたった場所に、壁の色と同色のドアがあった。ドアのレバーまで同じ色で、遠目には分かりづらかったらしい。屈んでドアの下部を観察すると、ドアと床にまたがってぽたっと血が飛散している。

「このドアは引いて開けるのか？」

「わかりません」

「もしそうなら、血が付着してからは一度も開けられてないと言えそうなんだがな」

「どうしてです？」

「ドアを手前に開いたのなら、ドアと床の血痕が擦れるはずだ。だがそんな形跡はない。押して開けるドアだってんなら、血痕には大きな変化がつかないだろうから、何とも言えねぇが」

この先、ドアを開けることを考えた百鬼は、念のために携帯電話のカメラ機能を使って、このドアの現状を撮影しておくことにした。

「あと、この黒い汚れはなんだ？」

ドアの血痕の少し上に何かをこすりつけたような黒い汚れがある。

「それは、私の靴跡です」

「お前の？」

「はい。このドアの向こうに怪我人がいると思って開けようとしたら、鍵がかかってたんです。大神さんに開けて欲しいと言ったんですが、断られたので、蹴破ろうとしました。何度か蹴ったくらいじゃビクともしなくて、駄目でしたけど」

それを聞いた現は、目を丸くして烏丸を見ている。

乱暴にも思えるが、その状況なら百鬼も同じことをしたかもしれない。ドアへと血が続いている時点で、向こうに怪我人がいるものと考える。刑事なら当然の行動だ。

百鬼は横長のドアレバーの端を指先で押し下げてみる。

ガチッと固い手ごたえがした。確かに鍵がかかっている。ドアレバーの下にはシリンダーがついており、そこに鍵を差し込んで開錠するのだろう。シリンダーが破壊されている様子はない。

「なんで蹴破ろうとしただけで、署に連絡しなかった？」

怪我人がいるのなら一刻を争う状況である。公権力で強行突破して然るべきだ。

「連絡しようとしました。しかし、それだけはやめてくれと血相を変えた大神さんに止められて。まぁ、その前に、ドアを開ける開けないで言い合ってはいたんですが……そのときに、通報しないのであれば調査に協力してもいいとの申し出が大神さんからあったんです」

「それに応じて、連絡をやめた？」

「さすがにそれだけで引き下がったりはしませんよ。そのとき、ドアレバーが血で汚れていないことに気づいたんです。あと、それから、もう一度、血の道を見てください」

烏丸の言葉に従って、そちらに視線を向ける。

「どこにも踏まれた形跡がないんですよ。これだけの出血です。怪我人のものだとしたら重傷に思えるんですが、垂れた血を踏まずに避けて歩かないと、こんな血の跡にはなりません。それに、だらだらと血が流れていたら、その怪我を手で押さえるなり、出血を止めようとしたはずです。手が汚れないなんてことありますかね？　このドアを開けて出て行ったにしては、ドアレバーに全然血がついてなくて、綺麗すぎるんですよ」

「確かにそうだな。怪我人だったら、血で汚れるのも、汚すのも気にしないだろう」

なかなかの観察眼だと素直に感心した。

無意識にも警察官でない彼らがここに来るのに血を避けて歩いたのは、血を踏むことに抵抗を覚えたからだろう。血で汚れるのを厭わないのは、怪我人が目の前で倒れているときなど、よほどの緊急事態だけだ。

現はなるほどと感心した様子で、ドアレバーをいろんな角度から見ている。

「そこで、本当にこのドアの向こうに怪我人がいるのか、疑問に思ったんです。むしろ、怪我人がこのドアから出てきて、あの眼球の傍まで血を踏まないように、たとえば、後ろ向きで歩いていって倒れ、あんな血溜まりを作った。状況から考えたら、そっちの可能性の方が高いんじゃないかって」

「だったら、あの血溜まりの中に、今もその怪我人が転がってるんじゃねぇか？」

その推理には無理がありそうに思う。とくに、後ろ向きで歩いていく理由が不明だ。

「まぁ、それは……その後、どこかに運ばれたとか？　とにかく、ドアには鍵がかかってましたし、向こう側ではなくこちら側の調査を先にしてもいいかもしれないと思ったんです。まずは大神さんの話を聞いて、ただのイタズラである可能性も視野に入れて、状況を解明するのがいいかなと。署に連絡しないのであれば、一人で悩んでもあれですし、ウツ君に協力して欲しくて」

「……僕でよければ、いつでも声をかけてもらっていいですよ」

「え!?　じゃあ、あとで連絡先を交換しましょう！」

嬉々とした烏丸を百鬼は一睨みした。本人がよくても駄目だ。

ドア向こうに被害者がいる確信が持てないのであれば、ひとまずドアを開けるのを保留して、大神の協力を得るという判断は間違いではないだろう。

「なんで教祖さんはこのドアを開けるのを拒否したんだ？」

「この先には、神様から啓示を得る部屋があって、大神さん以外の出入りが禁じられているそうです。それから、このドアを開けられる鍵は一つだけで、大神さんが常に所持しているらしく、鍵がかかっていたなら、ドアを開けて誰かが通ったとは考えられないと。もちろん、事件発生以降、ドアは開けていませんし、開錠もしていません」

「教祖以外出入り禁止？　めちゃくちゃ怪しいじゃねぇか」

「でも、事件が発生してからは、私が真っ先にこのドアに行って、鍵がかかっているのを確認しましたよ」

「いや、教祖が怪我人なり死体なりをこのドアの向こうに運んだ後、鍵をかけて何食わぬ顔で〝神託の儀〟に参加したのかもしれねぇだろ」

烏丸は怪訝そうな顔をする。

「しかし〝神託の儀〟をすれば、この惨状ですし、犯行はバレますよ。隠したいならどんな理由をつけてでも〝神託の儀〟を中止しようとするんじゃないですか？」

「中止にはできなかった理由があるんじゃねぇか？　あとはそうだな、怪我人が向こう側から内鍵をかけた可能性もある。加害者に追っかけられた被害者がドア向こうに逃げ込んで内鍵をかけるなんて、自然な展開じゃねぇか。よくあるほら……何だっけ。捻るだけで鍵をかけられるやつ」

名前が出てこない百鬼が手で捻る動作をすると、現が「サムターン？」と口にした。

「それだ。サムターンの内鍵。あれがついてんじゃねぇかな」

「確かに内鍵はついているかもしれません。このドアを開けて入った後、信者が入ってくるのを防ぐために、向こう側から鍵をかける必要がありますから。オニさんは怪我人がこのドアの向こうにいると思ってます？」

「俺がどう思おうと、ドアは開けさせて確認するしかねぇだろ」

随分と時間が経過してしまったが、そこに怪我人がいないことを確定させておかなければならない。

「あー、ちょっと、こっちまで来てもらいたいんだが」

大声を出して百鬼が大神たちを呼び、そして、単刀直入に切り出す。

「このドアを開けてもらえませんかね？」

「そちらは今回の件とは関係がありませんので」

大神ははっきりと首を横に振った。

「なぜ、そう言い切れるんです？　これだけの出血の跡があるにも拘わらず、怪我人がどこにも見当たらない。となると、怪我人はこのドアから向こうに行ったと考えるのが自然じゃないですか。ほら、あの目玉の神様からこのドアに続く血の跡だって残ってるんだから」

百鬼が血の道を指でさすが、大神はそれを一瞥することもなく青白い顔で答える。

「このドアには常に鍵がかけられ、その鍵は今も私が肌身離さず所持しております。私以外の者には、開けることも通ることもできません」

そうも頑なに拒絶されると、何か後ろ暗いことがあるのではないかと疑ってしまう。

「そもそも、怪我人などおりません。この血液は〝解き明かす者《アンサラー》〟の死によってこの世に溢れ出た神の血であると思われます」

正気で言っているのか、と言いたくなったが飲み込んだ。鑑定すれば神の血などではないことが証明できるだろうが、今は不可能だ。神様が存在するか否か、ここで宗教家と言い争っても時間の無駄だろう。

「このドアは施錠されていた。それを最後に確認した人は誰です？」

その問いには教導長の御子柴が答える。

「昨夜の集会の後、教祖様がすぐにご帰宅されたので、私と駒野さんの二人で施設の居残り確認をしました。その際には、この〝対話の間〟も中を検《あらた》めましたが、誰もいませんでした。し〝解き明かす者《アンサラー》〟も今までどおりでした」

「つまり、昨夜あなたがこのドアの施錠を確認した？」

「いいえ。万が一にも開けることがないように、私たちがこのドアに触れることはありません」

それでは何の証拠にもならない。

「このドアの施錠は未確認だったわけだ」

「そうなりますが〝対話の間〟に鍵をかけて帰宅したことは間違いありません。そして、昨日、偶然にもその鍵は駒野さんがポケットに入れたまま、持ち帰ってしまいました。ですので今日ここに駒野さんがやってくるまでは、誰も〝対話の間〟に入れなかったことは確かです」

その発言に烏丸が口を開く。

「でも、鍵を持ち帰った駒野さんが帰宅した後、再びここに戻ってくれば〝対話の間〟に入ることができたのでは？」

「この施設に外鍵がかけられているので、それはできません。外鍵は二つあり、昨日は私が一つ、教祖様が一つ、持ち帰りました。今朝、ここに来たのは、教祖様、私、駒野さんの順です。少し間を空けて、烏丸さん、それから、那須さんと若名さんがほぼ同時にいらっしゃいました」

「では、駒野さんがここに来てから〝対話の間〟の鍵の所在はどうなっていましたか？」

証言が正しければ〝対話の間〟に入れるのは、駒野がやって来た以降となる。

「受付に置いてありました。受付には私か駒野さんのどちらかは必ずおりましたので、第三者が鍵を持ち出すことはできなかったでしょう」

「しかし、それでは、御子柴さんと駒野さんは受付に一人になる時間があり、どちらかが〝対話の間〟に行くことは可能だったと言えませんか？」

御子柴は頷く。

「玄関の来客センサーはこの施設内にいれば、聞こえるようになっています。烏丸さんがいらっしゃるまでの間、そのセンサーは鳴りませんでした。この施設の出入り口は一つだけです。つまり、私が言いたいのは、少なくとも〝対話の間〟に、怪我人になりうる第三者は入ることができなかったということです。もちろん、今私が申し上げたことは駒野さんに確認して頂いて構いません」

彼女は、自分たちのアリバイではなく、怪我人の不存在を主張したかったようだ。しかし、その主張にはわかりやすい穴があった。百鬼はそれを指摘する。

「その第三者が来るときにだけ、センサーを切っていればいい。さらには、あなたたち関係者が口裏を合わせている可能性だってある」

教祖の大神が小さく溜息を吐き、胸のペンダントに手を当てて言う。

「教導長のおっしゃったことは全て事実です。神に誓って私は嘘を言いません」

そんな誓いは百鬼にとって何の意味ももたない。

このまま押し問答を続けたところで、時間が経過するばかりだ。そもそも、今はアリバイを確認したいのではない。烏丸が蹴破ろうとしたこのドアを開けたいのである。

「えっと、すみません」

現がおずおずと切り出す。

「〝解き明かす者《アンサラー》〟に関してのことなんですけど、どうして神様が眼球の姿をしてるのかなって。あそこにある眼球の像がご神体、みたいなことなんですか？」

やり合っているこちらのことなどお構いなしだが、彼はいつもこんなふうにマイペースである。

「〝解き明かす者《アンサラー》〟とは、全てを見通す超越者であり、あなたの目を通して、この世界を見ていらっしゃいます」

それには大神が答えた。

「あの巨大な眼《まなこ》は、神の眼であり、あなたの眼でもあるのです。〝解き明かす者《アンサラー》〟との対話は、内なるあなたとの対話。真実はあなたの中にこそある。神を見つめるとき、神もまたあなたを見つめる。巨大な眼球は〝解き明かす者《アンサラー》〟の象徴です」

言い慣れた口上のようで流暢に口が回る。

「なるほど。象徴なんですね。だとすると、たとえば、あの像を壊しても神様を傷つけることはできないってことですよね？」

「勿論です。神を害することは、人にはできません」

現は少し考えてから続ける。

「どうして大神さんは、あの血の涙を流す像を見て『神様が死んだ』って考えたんですか？僕は、神様が苦しんでるのかなって思ったんですけど」

確かに血の涙を流すという表現は、普通であれば苦悶を意味するもので、死を表すものではない。

「それは……先ほども申しました通り、あの血が〝解き明かす者《アンサラー》〟の死によってこの世に溢れ出たものと考えたからです」

「像を壊しても殺せない〝解き明かす者《アンサラー》〟を、誰がどうやって殺したんですか？」

率直で鋭い指摘に大神は言葉を失った。

そんな大神をみかねて、御子柴が割って入る。

「どうやら、私どもが調査に協力できるのはここまでのようです」

その言葉で百鬼は腹をくくる。

「あれだけの血液が撒き散らされている時点で、これはもう事件なんだ。我々はこのドアの向こうを調べずに帰ることはできない。ガサ状をとってでもこのドアは開ける。神様が死んで血の涙を流したのか、それとも、誰かが襲われて怪我をしたのか。裁判所には、どちらの主張が通ると思いますかね？」

ここは脅してでも、強行突破するしかない。

「ごねたところで、この後、警察官が殺到してドアをぶち破り、向こう側を調べることになるだけなんだ。だが、もし今、俺に調べさせてくれるなら、少し事情は変わる。そこにどんな秘密があろうと、何の事件性もないと判断できれば、俺はお口にチャックして帰りますよ。誰にも何にも言わないことを、あの目玉の神様に誓ったっていい」

百鬼は大袈裟に肩を竦めてみせる。

それはドアを開けさせるための方便だった。この事件は最終的には通報することになるだろう。少なくともあの血液が何なのかは絶対に調べなくてはならない。

「……わかりました」

苦渋に満ちた顔で大神は決断する。

「信者はこの先に立ち入らない。それが決まりです。ですが、あなた方は信者ではありません。怪我人がいないかを確認するため、特別に私の同伴で立ち入ることを許可しましょう。くれぐれも中のことは他言無用でお願いします」

「ええ、もちろんです」

「……では、教導長、この部屋から出ていってもらえますか？」

大神は御子柴を促す。

「はい。教祖様がそうおっしゃるのであれば」

食い下がることもなく、彼女はあっさりと一礼して部屋の外へと向かった。

御子柴は最後まで抵抗しそうに思っていたので意外だった。

「烏丸は、さっきの待合室で待機しててくれ」

「え？　なんでですか？」

彼女は驚いた顔で見返してくる。

「なんでって、現場《げんじょう》保存だよ。俺たちがここから離れてる間に、誰かが現場に細工をしたらどうすんだ。見張ってろ」

「えー……わかりました」

露骨に不服そうな顔をするも烏丸は承諾した。新興宗教の教祖が隠そうとするドアの向こうが気になる気持ちはわかる。だが、証拠隠滅を防ぐために誰かが残らなくてはならないのも確かだ。

百鬼は現を親指でさす。

「このドアの向こうに、こいつも連れて行きたいんだが、いいかな」

「ええ、構いません」

顔面の蒼白さは相変わらずだが、大神の覚悟は決まったようだ。

さて、このドアの向こうには何があるのか。

死体だけは勘弁だぞ、と百鬼は胸の内でつぶやいた。

※

大神はおもむろに首から下げていた奇妙な形のペンダントを手に取ると、半分のところで捻った。するとペンダントの下半分が取れて中から鍵が現れる。

「この鍵は一つきりの特注で、このように私が常に身につけており、他にスペアはありません……では、開錠してもよろしいでしょうか？」

百鬼は頷いて返す。

「ええ、でも、ドアレバーには触らないでください。ドアは俺が開けるので」

「わかりました」

彼は足元の血を踏まぬように立ち位置に気をつけながら、鍵をドアシリンダーに差し込んで回した。カチャリとロックが外れる音がすると、大神はドアから一歩離れる。

百鬼は極力触れないように気をつけながら、ドアレバーを摑んだ。

どうやらこのドアは押して開けるようだ。ということは、ドアに血痕が付いた後も、その痕跡に大きな変化を与えずにドアの開閉が可能かもしれない。血が付着してからドアは開かれず、怪我人がここを通らなかったとは言い切れないだろう。

ドアを押し開くとカチッと音が鳴って、向こう側で天井のセンサーライトが点《とも》った。

正面と左手はすぐに壁だが、右手に狭い廊下が続いている。

見る限り、どこにも怪我人の姿はない。

廊下に出るなりしゃがんで床に目を凝らしてみるが、血の痕跡もなかった。ドアの下部から染み込んでいたらしい血液が少しばかり廊下側に漏れているだけだ。

「……どうでしょう、怪我人はいますか？」

部屋から大神が心配そうな口調で尋ねてくる。怪我人はいないと主張していた大神だったが、絶対の自信があったわけでもないようだ。

「今のところは見当たらないが」

百鬼は開いたドアの裏側を覗き込む。やはりサムターンの内鍵がついていた。廊下側からならば、内鍵を捻るだけで鍵がかけられるだろう。

だが、廊下に血の痕跡がないのはどういうことなのか。

ドアを通り抜けた瞬間に怪我人の出血が止まるなんてことはまず考えられない。血止めを行いながら移動したとしても、あれだけの出血なら何らかの痕跡が残って然るべきだ。怪我人はこのドアを通らなかったのだろうか。

百鬼は大神と現を廊下に招き入れた。

「この廊下の先も調べさせてもらってもいいですかね？」

「この先には私の私室があるだけですが」

大神はハンカチを取り出して額の汗を拭っている。

「念のためです」

もしかすると、その私室に死体が転がっているのかもしれない。もし、廊下にカーペットが敷かれていたなら、怪我人がその上を歩いて私室に向かった後で、その血のついたカーペットを回収すれば痕跡は残らないだろう。それとも、他の犯罪の証拠があったりするのだろうか。信者に高値で売り付けるような壺や聖水の保管場所だったら拍子抜けだが。

百鬼は廊下の先へと進んだ。

廊下には窓一つなく、光源は天井に備え付けられた白色のライトだけで薄暗い。幅は大人一人なら大手を振って歩けるが、二人は並んで歩けない程度である。

突き当り左手にドアがあった。〝対話の間〟の反対側にあたる位置だ。

「開けても？」

振り返ってそう聞くと大神は不安そうな顔で頷く。

「ええ……鍵はありませんから」

百鬼はドアを開けた。

部屋は真っ暗で何も見えない。

「電灯のスイッチは左手の脇にあります」

大神の言葉に従い百鬼がスイッチを探り当てると、室内がパッと明るくなった。

そこは横に長い部屋だった。

まず目につくのは正面の大きな書棚。壁一面にぎっしりと本が詰まっている。その本を背にエグゼクティブチェアとデスクが置かれていた。書棚に収まりきらないのか、大量の本が床やデスクの上に乱雑に積まれている。そこだけを見ると書斎のようだ。

しかし、奥に目をやれば、シングルベッドにソファ、小さなキッチン、冷蔵庫、食卓テーブルなどが備え付けられていた。手前半分が書斎、奥がリビングといった感じだ。

百鬼は部屋の真ん中あたりまで進み、見回した。


死体はおろか、怪我人の姿もない。


近くにやってきた大神も辺りの様子を窺っている。なにやら気にしているその視線を追うと、リビング側の奥にドアが二つ並んでいるのが見えた。

「あのドアの向こうは何が？」

「……浴室とパソコンルームがあります」

百鬼はすぐにそちらに向かい、二つ並んだ右側のドアを開けた。

そこは小さな浴室で、浴槽とトイレ、洗面台が備え付けられたユニットバスがあった。鏡の前には練り歯磨きのチューブとコップに入った赤い歯ブラシが一本置かれている。空《から》の浴槽は乾いており、直近に使われた形跡はなかった。

特に異常はない。

浴室から出た百鬼は左側のドアも開けた。

そこは浴室と同じサイズの個室だった。正面にデスクとパソコン、こちらに背を向けたリクライニングチェアがある。パソコンの電源は落ちていた。急に周囲の音が小さくなったように感じられたのは、部屋に防音対策が施されているからだろう。その部屋の壁は学校の音楽室の壁のように、無数の小さな丸い穴が開けられていた。

気になったのは、パソコン周囲にある音響設備だ。パソコンの背後から伸びた黒いマイクアームには水筒みたいな大型のマイクが取り付けられ、大きなスピーカーにヘッドホン、ミキサーといったオーディオインターフェイスまである。確か〝対話の間〟にも防音対策が施されていたが、音響設備にはやけにこだわっているようだ。

「音楽が趣味なんですか？」

背後に大神の気配を感じたので振り返ってそう聞いてみる。

「……いえ、そういうわけでは」

大神はばつが悪そうに答える。

百鬼はパソコンルームから離れ、部屋の真ん中に戻った。

神様から啓示を得る部屋だと聞いたので何があるのかと思ったが、蓋を開けてみれば至って普通の居住空間である。曰くありげだったわりには拍子抜けだ。

なぜ、大神はあんなにも頑なにドアを開けるのを拒んだのだろうか。

すると、大神が話しかけてくる。

「……どうやら怪我人はいないようですね」

「ええ、少なくともそのようです」

彼は安堵した様子だ。その発言からは、怪我人がいなかったことが確認できたからのように思えるが、素直にそうは受け取れない。現はと見ると、書棚に近寄って本を眺めていた。ふいに彼がこちらの方に振り返る。

「大神さんってミステリがお好きなんですか？」

「ええ、まぁ……」

歯切れ悪く大神は答えた。先ほどの音響設備といい、彼は自分の趣味を知られるのが恥ずかしいのかもしれない。

「ここにあるの、ほとんどミステリだ。洋書は翻訳されていない原書だし。本格的だなぁ」

再び書棚に視線を向けた現は、しきりに感心している。彼は昔から読書が好きなので、気になるのだろう。

百鬼はしゃがんで床を注意深く観察する。

やはりどこにも血痕はなく、敷いてあったカーペットを剝がした跡もない。

クローゼットがあったので、立ち上がって開けてみた。中には数段重なった収納ケースと藍色のシルクガウンが二着かけられているばかりだ。サイズからして小柄な大神の部屋着だろう。収納ケースの中にバラバラにされた遺体が入っている可能性もあるかと、百鬼は遠慮なくケースを引き出す。

「あ」

思わず声が漏れた。中に入っていた物を一つ手に取る。

「わ」

こちらの声に反応した現も、百鬼の手にある物を見て声をあげた。

それは白いレースの女性用のショーツだった。ケースの中には、他にも何着か、女性用下着《ランジェリー》や小さな化粧ポーチが収納されている。

「……私が購入したものです」

覚悟の決まった顔で大神が言った。

浴室にベッド、ガウンに化粧ポーチ、女性用下着。それで百鬼は大神がここを見せたくなかった理由をおおよそ理解した。ここは大神が言ったように彼の私室、趣味の部屋なのだ。それらを自分の女装に使うのか、それとも、ここに女性信者でも連れ込んでいるのかはわからないが、聖人に見える好々爺の隠したい秘密としては十分に思える。

だが、別に犯罪の証拠とは言えない。

百鬼は特に何も言わずにショーツをケースに戻した。

そして、もう一度注意深く辺りを見回す。

シングルベッドは布団とシーツが整えられ、寝乱れた様子はなかった。コンロ一つのキッチン、シンクに洗い物は溜まっておらず、少量の食器類が棚に収納されている。おもむろに冷蔵庫に近寄って扉を開ける。少しばかりの食料と飲料が入っていた。

「大神さんはここに住んでいるわけじゃないんですよね？」

冷蔵庫の扉を閉めて、大神に聞く。

「ええ。ここから車で二十分ほどのところに自宅があります」

「ご家族は？」

「妻がおりましたが、数年前に他界しましたので自宅で一人暮らしをしております。今年で四十になる娘と孫娘がいるのですが、妻が亡くなるより以前に、娘は孫娘を連れて家を出て行きました」

「この宗教団体をお作りになったのは大神さんですよね？」

「ええ、十年ほど前に妻と共に設立しました」

とくに調査の取っ掛かりは得られない。

結局、どこを探しても怪我人はおらず、その存在を証明する痕跡も発見できなかった。

では、あの眼球が流した血は何なのだろう。

誰かのイタズラだったとでもいうのか。

「ウツツ、今回の事件に刑事が必要となるような事件性は存在するのか？」

その問いは現にではなく、不実在探偵に向けて言ったものだ。

現はそれを察して、左手の黒い箱に視線を落として答えた。

「ハイ」


「じゃあ、怪我人がどこかに存在するのか？」

「ワカラナイ」

怪我人がいる可能性を潰しきれていないため、断言できないようだ。

「それでも、謎は解くべきなのか？」

進むか、退くか。その決断が迫られていた。

現は黒い箱を一瞥して答える。


「誰かが神様の涙を止めてやらなくちゃいけないんだよ」

ただの〝ハイ〟のはずが、洒落の利いたセリフになっている。

「そりゃ、でかいハンカチが必要だな」

百鬼は思わずニヤついてしまった。

※

「オニさん、謎が解けました」

百鬼たちが待合室に戻るなり、烏丸がずいっと近寄ってきた。

「怪我をした人なんて、見つからなかったでしょう？」

待合室には教導長の御子柴、教団員の駒野、信者の那須と若名の姿がある。那須は肩を落としていたが、若名はこれ見よがしに腕時計を気にしていた。

「ああ、怪我人はいなかった」

「やはり、そうですか。ちょっとこちらに来てください」

百鬼は烏丸に待合室の上げ下げ窓の元へと連れて行かれる。

「ほら、ここに血痕があるんですよ」

白い窓の縁に、ポツンと一点、小さな赤い液体が落ちていた。

「それで、この窓の外の庭を確認してきたんですが、血液が入っていたらしきペットボトルを発見しました」

烏丸は携帯電話を操作して、百鬼に画像を見せてくる。

そこに写っていたのは、茂みの傍に落ちた二リットルサイズのペットボトルだ。空《から》のようだが地面に接した側に赤い液体が僅かに溜まっている。

「今回の事件は、誰かのイタズラだったんです。犯人はペットボトルに動物か何かの血液を入れ、あの眼球の像にかけたんでしょう。そして、この待合室の上げ下げ窓を開けて、空になったペットボトルを庭に向かって放り投げたんです」

「なんでそんなことを？」

「空のペットボトルを持ち出そうとしたとき、受付に誰かがいたからじゃないでしょうか。犯行に使った空のペットボトルを自分の鞄なりに隠せば動かぬ証拠になってしまいます。だから、ひとまず庭に捨てておいて後からでも回収するつもりだったのでは」

「イタズラか……この窓の血痕にはどうやって気づいたんだ？」

「暇だったので、この部屋も調べておこうと思いまして」

烏丸が見つけた空のペットボトルの残留物と眼球の像にかけられた血液が合致すれば、彼女の推理を裏付ける有力な証拠になり得るだろう。

「あと、先ほど御子柴さんが話されていたことですが、駒野さんから間違いがないとの確認が取れました。もし、そうなら、私がこの待合室に通されてから〝対話の間〟に行った人はいませんので、犯行可能時間は駒野さんが来てから私がここに来るまでの間、と考えてよさそうです」

あくまで口裏を合わせていなければの話である。

そのとき、教団員の駒野がハァとわざとらしく溜息を吐いた。

「もしかして犯人探しやる感じ？　ウチらが疑われんの、めちゃくちゃ心外なんだけど」

不服そうな彼女に烏丸は言う。

「いえ、私たちが問題にしているのは、今回の出来事に刑事が必要な事件性があるかどうかです。イタズラである場合は、そちらが問題にしないのであれば、犯人探しはしません」

本当にただのイタズラなのであれば、烏丸の言う通りだ。

その場合、眼球の像に血液をかけたことは、器物損壊罪に当たる可能性があるが、それは親告罪である。眼球の像の所有者だろう大神が事件化を望まなければそれまでの話だ。

「オニさんの方は、何か見つかりましたか？」

「いや、何も。ドアの向こうには血痕もないし、怪我人もいなかった。お前の推理を覆すような事実は一つも得られてない」

「それなら、やはり、イタズラと考えていいかもしれません」

「ちょっといいですか」

そこで若名がむすっとした顔で鞄を抱えて立ち上がる。

「そろそろお暇《いとま》させて頂きたいんですが。この後、仕事の用事があるんで」

しきりに時間を気にするアピールをしていた彼女が退出の機会を窺っていたのは明らかだった。烏丸が百鬼の顔を窺う。

「オニさんが調べている間に、信者のお二人には私がお話を聞かせて頂きました。帰宅されても問題ないと思うのですが」

彼女がそう言うのは、烏丸より後にやって来た那須と若名には犯行が不可能だと考えられるからだろう。

「ああ。無理には引き留められない」

できれば直接話を聞きたかったが仕方がない。

「……すみません、私も買い物が」

それに那須も同調した。かなりのショックを受けていたように見えたが、泣いてスッキリしたのか、今はもう他人事のような顔だ。百鬼はそんな二人に向かって言う。

「ええ、ご協力ありがとうございました。もしかしたら、また後日お話を聞くこともあるかもしれませんが、今日のところはどうぞお帰り下さい」

不機嫌そうに頷いた若名は、そのまま大神に睨みつけるような視線を向ける。

「今日の参加費は返して頂けますよね？　時間の無駄だったんですから」

「……もちろんです」

信者が教祖に向けたものとは思えないきつい態度だったが、大神は意に介さず、やんわりと答えた。

「駒野さん、お二人に返金をお願いします」

「わかりました。では、お二人とも、受付にどうぞ」

駒野が立ち上がって案内する。若名はふてぶてしく鼻を鳴らしたが、那須は申し訳なさそうに大神に向かって深く頭を下げた。

「……烏丸さんもお帰りの際にお申し付けください。頂戴したそのまま、お返し致しますので」

凝視、と表現しても差し支えない烏丸の視線に気付き、その意を悟った大神は苦笑を浮かべた。

「はい。お言葉に甘えて」

参加費の十万円は大金である。ちゃっかりしているようだが、結局、相談できていないのだから返金は当然だろう。

駒野、那須、若名の三人は待合室を出て行く。

すると御子柴が立ち上がって百鬼に話しかけてきた。

「調査の結果、何の事件性も存在しなかった、ということでよろしいでしょうか？」

「ええ、犯罪になるようなことは何も。だが、調査は継続しようかと」

「どうしてです？」

御子柴は眉を顰める。それは不快そうにではなく、不思議そうにだった。

「現場に残された血液が本物のように思えるからです。もしそうなら、かなり物騒だ。今回のことは誰かによる何らかの警告で、次の犯行に繋がるものかもしれない。せっかく刑事が二人もここにいるんだ。なぜ、あの像が血塗《ちまみ》れになったのか、その理由を明らかにしておいた方が、あなた方も安心だろう」

「教祖様はどのようにお考えなのでしょうか？」

話を振られた大神は胸元のペンダントに手を当てて答える。

「あの血はイタズラなどではなく、神の死を示すものに違いありません。しかし、その答えでは、到底納得できないという思いも理解できます」

彼は当初と打って変わって落ち着いた様子だ。

「〝謎〟には〝答え〟を。それが我らの教義。そして〝答え〟の追求は我らの使命。〝答え〟を望む者に手を差し伸べるのがこの教団の在るべき姿です。よって、私はできうる限り協力したく考えています。もし〝神の死〟以外の〝答え〟があり、それが真なるものであれば、新たに開かれる道があるやもしれません」

なぜ大神はこれほどの落ち着きを取り戻せたのだろう。

あの私室の調査で分かったことが彼の秘密で、それを百鬼に知られてしまった以上、もう隠しごとはないからだろうか。しかし、頑なに眼球の像が血塗れになったのは〝神が死んだ〟からであると主張する大神には、何か思惑がありそうだ。

「教祖様のお考えはわかりました」

御子柴は肩の力を抜き、百鬼をまっすぐに見る。

「では、私たちは、これからどのような協力をすれば？」

「一人ずつ話を聞かせてもらおうかな。誰かに聞かれていると話しづらい人もいるだろうから、個室を貸してもらえたら助かるが」

「応接室がありますので、そちらでよろしければ」

百鬼は背後の現に視線を向ける。今のところ、今回の事件はイタズラであるとの見解で進んでいるが、不実在探偵はどう考えているのかが気になった。

その視線の意図に気づいたらしい現は、僅かに頷いて返す。

「イタズラじゃないってさ」

だとしたら、何なのか。

やはり一筋縄ではいかなそうだ。

※

場所は受付の隣にある応接室。

そこは八畳程度で、長方形の会議テーブルに椅子が何脚か置かれているだけの部屋だった。壁には申し訳程度に絵画が一枚飾られている。応接室というよりは小さな会議室といった趣きだ。

テーブルで向かい合って座っているのは教団員の駒野と烏丸。百鬼と現は椅子を壁際に寄せて並んで座っていた。話し相手が複数だと必要以上に委縮させてしまう恐れがあるため、事情聴取ではマンツーマンがセオリーだ。

隣にいる現は、蓋を開けた黒い箱を膝の上で持っていた。

なんでも、不実在探偵に事件の真相がわかったときには、ダイスの目が6に変わるらしい。

それは謎を解くための情報が全て出そろったことを意味する。6だけに〝推理《ロック》が固まった〟だなんて発想は親父ギャグが過ぎるだろうか。

教祖の大神と教導長の御子柴には隣の受付で待機してもらっている。二人から目を離すと、事情聴取の間に証拠隠滅を働く可能性があったが、不実在探偵に「問題があるか？」と聞いたら2《イイエ》と返ってきたので、そうすることにした。事情聴取を駒野から始めたのも不実在探偵の判断である。

百鬼がテーブルの上にボイスレコーダーを置いて作動させたのを契機に、烏丸が駒野に話しかける。

「こちらの教団を知ったきっかけってなんだったんですか？　私はネットの掲示板からだったんですけど」

駒野はチラリと上目遣いをすると、すぐに自分の手元に視線を落とした。

彼女のネイルはどれも黒の下地に銀色で目玉の模様が描かれている。〝対話の間〟の扉に描かれたあの模様と同じだ。

「……働いてた店の客が、どんな謎も解ける神様がいるって話をしてたから」

仏頂面ではあるが、会話には応じてくれるようだ。

「それで興味を持ったってことは、何か解きたい謎があったんですか？　それとも私みたいにミステリが好きとか？」

駒野は首を横に振る。

「別に好きじゃない。本なんて読まないし。でも、当時のカレシがホストで、ある日急にいなくなって。部屋に妙な書き置きを残していった」

「どんな書き置きだったんです？」

「暗号みたいな。全然、意味不明だった。そのあと、ツレからカレシがツケ払いしてた客に飛ばれたって聞いた。ヤバいくらいの借金抱えて、ヤクザみたいな連中に追われてたって。だから心配になって捜したんだけど、見つかんなくて。どんな謎でも解ける神様なら、書き置きの謎が解けるかもって思って」

女性がホストクラブで遊んだ金を店にツケておき、ホストがそれを肩代わりすることを売り掛けという。売り上げを出したいホストが、売り掛けでもいいから店に遊びに来てくれと客に頼むのはよくあることだ。しかし、そんな客がツケを支払わないまま行方をくらましたり、完全に支払い能力を失ったりしたときは、当然ホストがそのツケを支払わなければならない。売り掛けに失敗して借金を抱えるホストはそう珍しくない。

「解けたんですか？　その書き置きの謎」

駒野は嬉しそうに笑みを浮かべる。

「解けた。一発で〝解き明かす者《アンサラー》〟は解読した」

あまり口を開かずに喋っていたのでわからなかったが、彼女の上下全ての歯には銀色の歯列矯正器具が装着されていた。

「書き置きは潜伏場所の住所だった。そこに行ったらカレシが居て、まず一言目に金貸してくれって。こっちは殺されてるかもって十万も払って神様に頼ったのに、なんだコイツって思って。暗号の解き方は前に教えてただろって言われたけど、ウチがそんなん憶えているわけないし。ウザ過ぎてそのままソッコー帰った」

「それがきっかけで入信を？」

「だって、ガチで神だったから」

陶酔した顔つきで駒野は言う。

「ウチは〝解き明かす者《アンサラー》〟と対話した信者に、どんなふうに謎を解いてもらったのか、話を聞くのが好き。だから、ここで働くことに決めた。あれを経験したらウチみたいなバカでもわかる。〝解き明かす者《アンサラー》〟は本物だってこと」

その表情や口ぶりから〝解き明かす者《アンサラー》〟に心酔しているだろうことが伝わってくる。

「ねぇ、刑事さんは、どんな謎を解いて欲しかったワケ？」

駒野が興味深そうに聞いた。

「私ですか？　私は、ある推理小説の謎を解いてもらおうと思って。その作品は事件が起こる前半部分だけが存在していて、後半の解決を執筆する前に作者が事故死してしまったという推理小説なんです。難解だけど理にかなった面白い謎解きが評判の作者で、前半部分が公開されたんですが、没後数年経った今でもミステリマニアたちが推理合戦の最中なんですよ。答えは永遠に出ないんですけど。その作品の解決をですね、神様にしてもらおうと」

水を得た魚のように烏丸は話す。

「すでに真相は明らかになっているのか。それとも、全く新しい真相を神様が語るのか。これだ！　という解決を教えてもらえたら、十万円出しても惜しくは……かなり迷いましたが、惜しくはないと好奇心が勝ちました」

百鬼にはその気持ちが微塵も理解できなかった。作者が死んだのなら、謎解きの神様が何を語ろうと真相は闇の中だろう。

「それ、マジで？」

「マジですよ。何かおかしいですか？」

駒野は不服そうな顔でオフィスチェアーの背にもたれかかった。

「〝解き明かす者《アンサラー》〟は推理小説の謎解きなんてしない。人生の疑問とか、抱えた悩みとか。苦しんでいる相談者が選ばれる。いつもだったら、あんたが選ばれることはないのに」

「選ばれる？　確かに応募要項では相談内容を詳しく書かされましたが、〝神託の儀〟は教団員のどなたかがその内容を精査して、参加者を選考するということでしょうか？」

「違う。参加者は〝解き明かす者《アンサラー》〟が選ぶ。神に選ばれた者だけが対話を許される」

「つまり、あの眼球の像から参加者が告げられる？」

「それも違う。参加者は〝啓示の間〟で〝解き明かす者《アンサラー》〟の啓示を受けた教祖様の口から告げられる」

「〝啓示の間〟って、あの鍵のかかったドアの向こうにある部屋のことですよね？」

「そう。部屋かどうかはわかんないけど。教祖様以外、誰も見たことないし」

鍵のかかったドアの向こうにあるのは部屋が一つだけだ。つまり、大神の私室が〝啓示の間〟だということなのだろう。

そこで百鬼は二人の会話に割り込むことにした。

「本当に誰も出入りしないのか？　教祖が誰かを連れて行くことも？」

「ない。ここは小さいから、そんなことをしたら、必ず誰かの耳に入る。ずっといる教導長も、教祖様以外は誰も出入りしてないって言ってた」

大神が信者をあの私室に連れていくことはないらしい。

「逆に聞くけど、あんた見たんでしょ？　〝啓示の間〟って、どうなってんの？」

「それは答えられない」

「……ウチにばっか答えさせせんのかよ」

啓示を受けた教祖の口から、神に選ばれた相談者が告げられる。

宗教儀式として考えればおかしくはない。しかし〝啓示の間〟が私室であることを知っている百鬼には、その儀式は見せかけだけのもので、大神が参加者を選んでいるようにしか思えなかった。

百鬼の質問は終わったとみて烏丸が、聴取を再開する。

「可能性の一つとして〝解き明かす者《アンサラー》〟が大神さんかもしれないと考えたことはありますか？」

「ある」

当然だと言わんばかりに駒野は頷く。

「でも、違った。教祖様は相談者を〝対話の間〟に導いた後はそこから出てきて、ウチらと話したり、次に待ってる相談者と話したりする。〝解き明かす者《アンサラー》〟として対話しながらそんなことするなんて、絶対に無理。近くで見てて同一だとは思えない。そもそも、教祖様が〝解き明かす者《アンサラー》〟なら、自分が神様を名乗ればよくない？」

「それはまぁ……そうですね」

確かに全ての謎に答える能力が大神にあれば、教祖としてその力を振るえばいい。わざわざ新しい神様を用意して自分の身代わりにするのは余計な手間だろう。

「うーん。話を戻しましょうか」

烏丸は他の切り口を見つけられなかったようで、その追及を諦める。

「〝解き明かす者《アンサラー》〟は推理小説の謎解きなんてしない、でしたっけ。先ほど駒野さんは、いつもだったら、とおっしゃいましたけど、私が選ばれた今回の〝神託の儀〟は何か違ったんですか？」

「今回は一ヵ月ぶりの〝神託の儀〟だった」

「〝神託の儀〟は週に一回行われるはずでは？」

「それは――」

駒野は少し戸惑いを見せて言い淀む。

「一ヵ月前、教祖様が啓示を得られなくなって、ずっと今日まで〝神託の儀〟が中止になってたから」

「どうして急に大神さんは啓示が得られなくなったんです？」

「教祖様は『神の声が聞こえなくなった』って。でも、今回のことでたぶん、わかった」

彼女はひどく落胆したように言う。

「〝解き明かす者《アンサラー》〟は今日じゃなくて一ヵ月前に死んだんだと思う」


「血の涙を流した今日ではなく、一ヵ月前に？」

「声が聞こえなくなったって、そういうことでしょ」

先ほどまで熱心な〝解き明かす者《アンサラー》〟の崇拝者の口振りだったにも拘わらず、その死を口にした途端、駒野の熱が急に冷めたように思えた。彼女が不満そうにしていたのは〝解き明かす者《アンサラー》〟の死にたいしてだったのだろうか。信奉する神が死んで悲しいというより、腹立たしい。駒野の表情はそんな感情を物語っていた。

「なるほど。一ヵ月前に〝解き明かす者《アンサラー》〟の声が聞こえなくなって〝神託の儀〟は中止になっていた。それなのに、どうして今回開催しようとしたんですか？　また聞こえるようになった？」

駒野は首を横に振って、溜息を吐く。

「啓示は得られないままだった。でも、〝神託の儀〟が、ここの売りだし、相談の応募は追い付かないくらい大量にある。次はいつやるんだって、信者からの苦情や問い合わせが殺到して、ウチらはずっと大変だった。教団から脱退しようって人たちも現れ始めて〝神託の儀〟からの収入も見込めなくなった。それで、教団の存続が危ういって話」

週に一度とはいえ、参加費の十万円を複数人から得ることができる〝神託の儀〟の収入がなくなるのは、小規模な宗教団体にとって大きな問題になりうる。

「だから、教導長が教祖様に〝神託の儀〟の再開を掛け合った。このままだと破綻するから、月に一度でも開催しないといけないって。それでも、教祖様はできないって頑なに拒否ってた。でも、結局、教導長の説得に押し切られる形で開催が決まった。ウチも今回〝神託の儀〟ができるのか、気にはなってたけど」

大神が〝神託の儀〟の開催に反対したのは〝解き明かす者《アンサラー》〟との対話が不可能だったからである。つまり、大神には今回の〝神託の儀〟が、眼球の像が血塗れにならなくても失敗することはわかっていたはずだ。

「教導長の御子柴さんってどんな方なんですか?」

烏丸が気になったのは御子柴のことらしい。

「教導長は教団設立くらいからの古参で、運営を任されてる偉い人。結婚してて旦那さんは外科医で総合病院を経営してるって。有能だけど、ウチは真面目過ぎて苦手、ってか、刑事さん、教導長と知り合いじゃね?」

「いえ、全く。今日初めてお会いしましたが、どうしてです?」

駒野は訝し気に見つめるが、烏丸には心当たりがないようだ。

「今回の〝神託の儀〟の参加者は啓示が得られなくて教導長が選んだ。その中に刑事さんがいたの、おかしいじゃん。信者のみんなが待ちに待った開催なのに、信者でもない人が選ばれるなんて。教導長と知り合いだから、強引にねじ込んでもらったとしか」

その疑念はもっともだった。

今回は一ヵ月ぶりの〝神託の儀〟である。しかも、啓示という不明瞭な選択ではないのだから、信者が優先されて当然に思える。しかし、教導長の御子柴は一般参加の烏丸を選んだ。今回の参加者がどのような基準で選ばれたのか、気になって当然だ。

「本当に知り合いでも何でもないんですけどね？」

烏丸は首を捻っている。そこで百鬼は彼女に聞く。

「今日来ていた信者の二人はどういう人物なんだ。話を聞いたんだろ？」

烏丸は胸ポケットから手帳を取り出して開いた。

「那須さんは二児の母親で主婦です。信者歴は長く、かつて看護師だった頃に医療事故の濡れ衣を着せられそうになったところ〝解き明かす者《アンサラー》〟に相談して解決してもらったそうです。それ以来、何度も〝解き明かす者《アンサラー》〟には救われているとのことで、熱心な信者のようですね」

大神から〝解き明かす者《アンサラー》〟の死を告げられ、嘆き悲しんでいた彼女の姿が思い浮かぶ。

「若名さんは児童福祉司で児童相談所に勤めています。今回の相談は二回目だそうですが、信者になったのは優先的に相談を受け付けてもらえるからだと言ってました。相談内容は、プライベートではなく業務に関わることなので言えないそうです」

帰り際に迷いなく〝神託の儀〟の返金を要求した彼女は、あくまでビジネスライクに

〝解き明かす者《アンサラー》〟を利用している印象だった。

そのときである。

「……あ、謎が解けた」

そう声を漏らした現に視線が集まる。

「謎が解けた？」

駒野がフンと鼻で笑う。

「だったら教えてよ。誰が〝解き明かす者《アンサラー》〟を殺したのか。今回の事件の真相ってヤツを。それが知りたくて、ウチは協力してあげてんだから」

そんなことは無理だろうとでも言いたげな、挑戦的な態度だった。

「ハイ」

「は？　マジで？」

事もなげに答えた現だったが、駒野の当たりの強さに視線を泳がせた。

返答したのは不実在探偵なのだから仕方がない。

百鬼はテーブルの上のボイスレコーダーを止めた。

※

あとで説明するからと駒野を応接室から半ば強引に出て行かせる。彼女は抗議したが、とにかく受付で待っていろの一点張りで百鬼は押し通した。

　もちろん、これから不実在探偵といつもの推理で謎解きを行うつもりである。

　質問を繰り返して真相に迫るその稀有な推理は、関係者である大神や御子柴、駒野を交えて行うことも可能だろう。しかし、その場合は、見えない名探偵の存在の取り扱いに注意すべきだと百鬼は考えていた。不実在探偵の存在は超自然的過ぎる。誰彼構わず存在を明かせば、厄介な問題の火種となり得るだろう。まして、姿なき神様を信奉する者たちを交えて行うのは、危険なことであるように思えた。

「三人でやるんですね？　それでいいと思います」

　百鬼の意向を汲み取ったようで、烏丸も同意見のようだ。

　現は何を言うでもなく、駒野がいた場所に移動すると、手元に蓋の開いた黒い箱を置く。百鬼は烏丸が椅子を横にずらして作ったスペースに椅子を持ち運んで座った。

　これで、現にたいして、烏丸と百鬼が向き合う形になった。

「今回の謎は、**なぜ〝解き明かす者《アンサラー》〟は血の涙を流したのか**、だな。気になる謎は他にもあるが、その謎が解けたら事件解決と言っていいだろう。そこで、まず一番最初に聞くべきは――」

　百鬼は小さく手をあげる。

　不実在探偵に質問するときはそうする決まりだ。

「今回の事件で、生きている死んでいるを問わず、怪我をした人物がどこかにいるか？」

直面する大きな問題が怪我人の有無だ。怪我人が死んでいれば殺人事件であり、生きていれば早急に助ける必要があるだろう。それ次第で緊急性が大きく変わる。

「ワカラナイ」

現が黒い箱を一瞥して答えた。

「そうか。そこははっきりさせておきたかったんだが」

調査や聴取からでは、怪我人の存在を確信できる情報は得られていない。だから、その質問に答えるのが難しいことは百鬼にもわかっていた。だが、謎を解いた不実在探偵ならば、言い切れるだけの確証が得られているかもしれない。そう考えての質問だった。

「そもそもなんだけど、広海さんの言う怪我人って誰のこと？」

現が首を捻っている。

「事件の現場に大量の血液が撒き散らされていたから怪我人がいるかもしれない。それはわかるけど、じゃあ、誰がってなると具体的な候補者はいないと思うんだ」

「まぁ、そうだな」

少なくとも現状いる関係者の中に怪我人はいない。

烏丸が現に同意する。

「私も怪我人なんていないんじゃないかって思ってるんですけど、ただ、アリスちゃんが〝ワカラナイ〟って言ってるのが気になってて――」

「なんだ、アリスちゃんって」

　思わず聞きとがめた。

「え？　ああ、不実在探偵って呼び方、なんだか堅苦しいじゃないですか。だから、名前が必要かなって」

　彼女は照れ顔で続ける。

「箱の中に閉じ込められた少女のイメージで、アリス。それから、箱の中の探偵は実在するのか否か。それは黒い箱の蓋を開けてみないとわからない。みんな大好きシュレディンガーの猫！　それらからとって箱の中の不実在探偵《アリス・シュレディンガー》。私、そう呼ぶことにしようと思って。どうでしょう？」

「そんな中学生が考えたみたいな――」

　あまりのくだらなさに、百鬼は大いに顔を顰める。


「ハイ」


　予想外の返事が聞こえて、そちらに目を向けた。

「……いいみたい。その名前で」

現が困惑した顔で言った。

「ええ、気に入ってもらえると思ってました！」

満足そうに烏丸は両手を合わせる。

「いい加減にしろ。くだらねぇ」

そう口にしたものの、不実在探偵の返答に、百鬼は内心驚いていた。箱の中の不実在探偵《アリス・シュレディンガー》。ふざけた名前にしか思えないが、どこが気に入ったのだろう。妙な茶目っ気をみせられると、生きている人間みたいに思えて、戸惑いを覚えてしまう。

「……話を元に戻すぞ。不実在探偵の〝ワカラナイ〟って返事がなんだ？」

「なんで〝ワカラナイ〟なのか気になりませんか？」

呼び方を変えない百鬼を、烏丸は気にすることもなく続ける。

「実際、当事者の誰も怪我なんてしていません。それなのにアリスちゃんは怪我人の存在を否定しない。それはなぜなのか。おそらく、当事者以外で怪我人になりそうな人物がいるからなんですよ」

「誰だよ、その怪我人になりそうな人物ってのは」

「〝解き明かす者《アンサラー》〟です」

どうだとばかりに彼女は得意気に手をあげる。

「では、アリスちゃんに聞きますね？　〝解き明かす者《アンサラー》〟が怪我人の可能性があるから、さっきの質問には〝ワカラナイ〟としか答えられない？」

「ハイ」

現はそれで納得したようだ。

「そっか。〝解き明かす者《アンサラー》〟が怪我人の可能性があったんだ」

「ええ、誰も口にはしませんが〝解き明かす者《アンサラー》〟を演じている人間がどこかにいるんじゃないかって、みんな思ってるんですよ。〝解き明かす者《アンサラー》〟とは何者か。実体を持たない神様なのか、それとも、人間なのか。もし、人間なら〝神託の儀〟が開催される今日、その人物はこの施設のどこかにいたと考えられます。しかし、どこを探してもいない。その存在があやふやだから〝解き明かす者《アンサラー》〟が怪我人である可能性をずっと捨てきれないんです」

彼女の言う通りだった。

不実在探偵という超常の存在がここにいるから〝解き明かす者《アンサラー》〟という姿の見えない神様が存在してもおかしくはない。無意識にそう考えてしまっていたのだろうか。普通は〝解き明かす者《アンサラー》〟などという神様なんて存在しないと考える方が自然なのだ。

「つまり〝解き明かす者《アンサラー》〟が怪我人である可能性を排除するためには、その正体をある程度はっきりさせておく必要があるんですよ。大神さんが怪我人なんていないと断言できたのは〝解き明かす者《アンサラー》〟が何者か、どういう状況にあるかを理解していたから。つまり〝解き明かす者《アンサラー》〟が怪我人になることはありえないと彼は知っていた。なぜなら、教祖の大神さんこそが〝解き明かす者《アンサラー》〟だから。アリスちゃん、どうでしょうか？」

「イイエ」

現は首を横に振る。

「違うみたいだね。それは駒野さんがはっきりと否定してたからかも」

そこで百鬼は手をあげた。

「じゃあ〝解き明かす者《アンサラー》〟は、俺たちの前に登場していない第三者か？」

しかし、現は何も答えない。返答ができないのは〝解き明かす者《アンサラー》〟が実在する確実な証拠を見つけられていないからだろうか。

「そもそも〝解き明かす者《アンサラー》〟の正体は特定できるのか？」

「イイエ」

「どうやら〝解き明かす者《アンサラー》〟の正体は明らかにできないようだな。だったら、そいつが存在して怪我をした人物である可能性は捨てきれない。いっそ、そのケースを考えてみるか。問題はそいつがどこにいて、どこへ行ったかだ」

烏丸が睫毛を瞬かせる。

「どこにいたか、ですか。それなら〝解き明かす者《アンサラー》〟は鍵のかかったドアの向こう〝啓示の間〟にいたと考えるのが自然では？　私は見てないのでわからないんですが、あそこには何があるんです？」

「〝啓示の間〟は教祖の私室だった。書斎に台所、ベッド、冷蔵庫、パソコンルームに浴室、トイレがある。まるでワンルームマンションの一室みたいだった」

「ワンルームマンションの一室……」

何かに気づいた彼女は、手をあげた。

「もしかして〝解き明かす者《アンサラー》〟は大神さんに監禁されていた？」


「イイエ」

思いもしなかった質問だったようで、現は少し驚いたようだ。

「あの私室に〝解き明かす者《アンサラー》〟がいた可能性は十分にあるだろう。だが、監禁はない。私室から〝対話の間〟へは内鍵を開けるだけで出られる。手錠や足枷をつけて監禁していたとしても、それが外されでもしたら、簡単に外に脱出できてしまう。そんな不用心な監禁はまず考えられない。それに、何のための監禁だ？」

「そりゃ〝解き明かす者《アンサラー》〟をやらせるための監禁ですよ」

「無理やり〝解き明かす者《アンサラー》〟をやらせる？　どうやって？」

「どうやってって……うーん？」

「もし、監禁されて〝解き明かす者《アンサラー》〟を演じさせられていたとしても〝神託の儀〟で、外部の人間と会話できるじゃねぇか。いくらでも助けを呼べるだろ」

意に沿わない監禁によって十年も〝解き明かす者《アンサラー》〟を務め続けられたとは思えない。〝解き明かす者《アンサラー》〟を演じた者が存在するなら、少なくともそれは自分の意思で続けていたに違いなかった。

「そう言えば〝解き明かす者《アンサラー》〟って〝神託の儀〟で会話できるんですよね。どんな仕組みでやってるんでしょうか。神様があの眼球の像に降臨して喋ってるってのはないとして、誰かが演じているのなら、遠隔操作で会話してるって感じなんですかね」

烏丸の言葉で、百鬼はあることを閃く。

「……ああ、だから、あの神様は目玉の姿をしてんのか」

その閃きが確かなら、大神の私室にあった物に説明がつけられる。

「どういうことです？　宗教的な意味合いがあるようなことを大神さんはおっしゃっていましたが」

「それは建前だ」

百鬼は首を横に振って手をあげた。

「あの目玉の像は巨大なカ、い、い、い、い、い、い、メラなんだろ？」

「ハイ……え、あれ、カメラだったんだ？」

まじまじと見ていた現だったが、気づかなかったらしい。

「ああ、大神の私室にあったパソコンルームには、やけに整った音響設備があった。そこで〝解き明かす者《アンサラー》〟は目玉の像からの映像を見て、マイクで相談者に答えていたんだろう。ボイスチェンジャーでも使ってたのかもしれん。つまり〝解き明かす者《アンサラー》〟は〝啓示の間〟から遠隔操作で〝神託の儀〟を行ってたわけだな？」

「ハイ」

「〝解き明かす者《アンサラー》〟の正体は特定できないが、演じている誰かが存在することは確か。それでいいな？」

「ハイ」

不実在探偵には〝解き明かす者《アンサラー》〟が実在する確信があるらしい。

「じゃあ、誰が〝解き明かす者《アンサラー》〟かって話にはなるが、不実在探偵が特定できないと言っている以上、追及しても答えは得られないだろうな」

「……あのー、私〝解き明かす者《アンサラー》〟の正体について、確かめたいことがあるんですけど」

烏丸がなぜか躊躇いがちに手をあげる。

「〝解き明かす者《アンサラー》〟の正体はシステムっていうの、どうですかね？　あの像が巨大なカメラで映像を飛ばせるなら、それこそ、インターネットを通じて世界中の誰でも〝解き明かす者《アンサラー》〟になれるわけじゃないですか。相談内容にたいして、ふさわしい解答を出せる誰かが選ばれる。それこそが、全ての謎に答える神様〝解き明かす者《アンサラー》〟システム。一にして全、全にして一の、全く新しい安楽椅子探偵の登場。どうでしょう？」


「イイエ……でも、僕はそういうの好きですよ」

現は気に入ったらしい。


「わかってました。違うってわかってたけれど、斬新な探偵像だから、いちミステリマニアとしては、口に出さずにはいられなかったんです！」

烏丸は悔しがっているが、悪くない発想だと百鬼も思った。

そのとき、現が「あ。もしかして〝解き明かす者《アンサラー》〟って女性？」と呟く。

そして、黒い箱を一瞥し、頷いた。

「女性だってさ」

「ウツツ、どうしてそう思った？」

何か思い当たるふしがあるようだ。

「大神さんの私室にあった女性用下着のことを思い出したんだ。あそこには誰かがいて〝解き明かす者《アンサラー》〟を演じてたんでしょ。でも、そこには大神さん以外の誰も出入りしてない。だとしたら、その誰かは、ずっとあそこに住んでたんじゃないかなって。そうなると、必要なのは衣食住。食べ物は大神さんが用意するとして、ベッドとシャワーはある。あの女性用下着は着替えだったんじゃないかって思ったんだ」

「なんだ、変態爺の女装用じゃなかったのか」

「え、変態爺の女装ってなんです？」

興味津々の烏丸には取り合わずに百鬼は考える。

性別がわかったのなら〝解き明かす者《アンサラー》〟の正体は特定できなくても、絞り込むことはできるかもしれない。

「大神さんは変態爺だったんですか？」

「しつこいな」

百鬼としては、勘違いだったのだから話を広げたくない。

「イイエ」

「おい、不実在探偵！　烏丸は別に手をあげてなかっただろ」

現はニヤニヤしている。

「とにかく〝解き明かす者《アンサラー》〟は十年もの間、〝啓示の間〟に引きこもって生活していたってことでいいんだな？」

「ハイ」

十年も〝啓示の間〟に引きこもり続け、大神が世話していた女性。そう考えると、百鬼には思い当たる候補がいた。

「〝解き明かす者《アンサラー》〟は、大神の娘か孫娘のどちらか、あるいは、その両方である可能性が高い？」

「ハイ」

曖昧な聞き方をしたのは、不実在探偵は〝解き明かす者《アンサラー》〟を特定できないとすでに答えているからだ。現状、特定しなければならないこともなく、目星をつけられればそれでいいだろう。

「なるほど。〝解き明かす者《アンサラー》〟は大神さんのご家族だったんですね」

そう言えば、烏丸にはその存在のことを伝えていなかった。

「大神には四十歳の娘と、年齢のわからない孫娘がいる。理由はわからないがそいつらが〝啓示の間〟で引きこもって生活をして〝解き明かす者《アンサラー》〟を演じていたんじゃないかって話だ」

ふと気になったのは、家族構成を聞かれた大神が、百鬼に娘と孫の存在を明かしたことである。二人が〝解き明かす者《アンサラー》〟なのであれば、その正体に迫る手掛かりを与えることになる。馬鹿正直に言わなくても、誤魔化すことができたはずだが、まさか、ミスリードを誘ったというのは、考え過ぎだろうか。

考え込む百鬼にたいして、烏丸が口を開く。

「一ヵ月前に大神さんが『神の声が聞こえなくなった』と言ったのはどうしてなんでしょうね。考えられる理由としては〝解き明かす者《アンサラー》〟である二人が出て行ってしまった。あるいは……」

そこで彼女は手をあげた。

「〝解き明かす者《アンサラー》〟は一ヵ月前に何らかの理由で死にましたか？」

「ワカラナイ」

「ふむ……大神さんによって殺されたのかと思ったんですが。もしそうなら、あの血は〝解き明かす者《アンサラー》〟のものだと判明しますし」

教団員の駒野も一ヵ月前に〝解き明かす者《アンサラー》〟が死んだのではないかと疑っていたはずだ。

だが、死体すら見つかってないのだから、いくら不実在探偵でもその生死を判断することはできない。

「では、確認しておきましょう。あの像にかけられた血液は〝解き明かす者《アンサラー》〟のものですか？」


「ワカラナイ」

現は残念そうに言う。

「たぶん〝解き明かす者《アンサラー》〟に関して、彼女はほとんど何もわかってないと思う。その正体だって、大神さんの家族かもしれないってだけで、結局はっきりしてないし」

どちらの質問もこれといった証拠がないため、不実在探偵ははっきりと答えられないのだろう。だが、それでいいのだ。確証とまでは言わないが、あやふやな証拠で推理を積み上げていくことほど危険なことはない。

「うーん、オニさんは〝ハイ〟ばかりなのに、私の時はわりとそうじゃないですね」

引っかかるのはそこではないだろうと百鬼は溜息を吐く。

「一ヵ月前に教団運営の要とも言える〝神託の儀〟をしなくなったことは事実だ。だからそのタイミングで〝解き明かす者《アンサラー》〟に何か異変があったことは確かに思える」

「でも、いくら御子柴さんに押し切られる形だとはいえ、今日〝神託の儀〟は開催されたじゃないですか。大神さんは〝神託の儀〟ができない、つまり、失敗することを承知の上で実行したってことになりませんか？」

「もし〝神託の儀〟を完遂させるなら、お前がそれに臨んだとき、少なくとも〝啓示の間〟に〝解き明かす者《アンサラー》〟の役目を務める者が必要だろう。代役を立てるとかな。しかし、あの鍵のかかったドアは開かれた形跡がなかった。その後、中を調べても誰の姿もない。つまり、今回の〝神託の儀〟では〝啓示の間〟に誰もいなかったと考えられる。たとえ、眼球の像が血塗れになっていなくても、結局は〝神託の儀〟は失敗していたはずだ」

しかし、烏丸はそれでは納得できない様子だ。

「私が推理した、インターネットを使って外部から〝解き明かす者《アンサラー》〟を務められる可能性って絶対にないんですかね？　それが可能なら〝啓示の間〟にいなくても、誰かが代役を務められるかもしれません」

「絶対にないとは言えんが、あのとき〝啓示の間〟のパソコンは電源が落ちてた。それをやるつもりだったのなら、パソコンは動いてたんじゃないか？　そもそも〝解き明かす者《アンサラー》〟に代役が立てられるなら〝神託の儀〟を中止し続けていた理由がなくなる。今回の開催にも大神は反対しなかっただろう」

「だとしたらですよ？　儀式が失敗するとわかっていた大神さんの『我らが神が死んだ』って発言は元々用意されて……」

そのとき、烏丸が何かを閃く。

「あーーーっ！」

「……なんだよ、うるせぇな」

　現が苦笑する。

「でも、前回も今みたいな烏丸さんの叫びから、謎が解けていったからね」

「そうですよ。謎が解けたんです。これは絶対の自信があります。とりあえず、私の推理を聞いてもらってよいでしょうか？」

「いいぞ。合ってりゃ、それで事件解決なんだからな」

「ええ、事件の真相をバシッと当ててみせますよ。アリスちゃんも最後まで聞いてください。その方が当たったとき気持ちいいんで」

　烏丸は自信満々に、すっくと立ちあがった。

「今回の事件、眼球の像に血をかけたのは教祖の大神さんです。その理由はずばり〝解き明かす者《アンサラー》〟を殺すため。人には殺せない神様を殺す方法が今回の事件を起こすことだったんです」

　どんなトンデモ推理が披露されるのかと思いきや、なかなか面白い考察に思えた。

「今回の〝神託の儀〟で、私の目の前に血の涙を流す〝解き明かす者《アンサラー》〟が現れたとき、大神さんは言いました。『我らが神が死んだ』。教祖の言うことですから、教団員も信者も信じるでしょう。現場に居合わせた部外者の私も、別にそれを否定する理由がないので、ああそうなんだ、と思います。やがて、その出来事は信者から信者へ、私から一般に伝わっていくことになる。つまり、神が死んだ宣言によって、大神さんは〝解き明かす者《アンサラー》〟を殺すことに成功したんですよ」

なるほど、と百鬼は思う。

「なんで大神はそんなことをしたんだ？」

烏丸は得意気に答える。

「〝神託の儀〟を中止し続けたかったからですよ。誰もが納得する〝神託の儀〟の中止理由。それが〝解き明かす者《アンサラー》〟の死だったんです」

「そんな簡単な話じゃねぇだろ。〝神託の儀〟をやらなきゃ信者は離れていく。教団も経済的に破綻する。神様が死んじまったらお終いじゃねぇか」

「いえ、違います。〝解き明かす者《アンサラー》〟は神様なので生き返ってもおかしくないんです。今は死んだとしても、いつか〝解き明かす者《アンサラー》〟不在の問題が解決したとき、神は復活する。大神さんが必要としたのは〝神託の儀〟を中止する正当な理由だった。信者よ、復活の日を信じて待て。それで、敬虔な信者は残ってくれるに違いありません」

そして、彼女は意気揚々と手をあげる。

「では、アリスちゃんに聞きます。今日の〝神託の儀〟は大神さんによる〝解き明かす者《アンサラー》〟の死体お披露目会だったんですね？」

「イイエ」

現は申し訳なさそうに言った。

烏丸は鳩が豆鉄砲を食らったような顔になる。

「はて、おかしいですね……？」

「まぁ、俺はいい線いってたと思うぞ。全部が全部間違いってわけじゃないだろう」

百鬼は少し考えてから、小さく手をあげる。

「大神が『我らが神が死んだ』と言ったのは、これからの〝神託の儀〟を中止するためだった？」

「ハイ」

「ほらな？　それは合ってたんだ。だが、大神が〝神託の儀〟を中止にしようと企んで現場に血を撒いたにしては、様子がおかし過ぎた。あの出来事は大神にとっても驚きだったんだよ。ただ現場を見て咄嗟に〝解き明かす者《アンサラー》〟を死んだことにするのを思い付いたんじゃねぇかな」

着席した烏丸は顎に手をやって考える。

「じゃあ、大神さん以外の誰かがあの像に血をかけたってことですね？」

百鬼は首を横に振った。

「いや、そうだとは限らない。不実在探偵は怪我人がいるかどうかについてワカラナイと言っている。傷害だか、殺人による出血の可能性がなくなったわけじゃない」

心外そうに烏丸が口を尖らせる。

「だったら、私が見つけたあのペットボトルは何なんですか。どう考えても、眼球の像に血をかけるために使われたとしか……まぁ、それは、アリスちゃんに確認すればいいだけの話ですね。では、質問します。誰かがペットボトルに入れた血液を眼球の像にかけましたか？」


「……ハイ」

現は、あれ？　といった顔でいる。


それは百鬼にとっては予想外の返答だった。

「あっさり『ハイ』がもらえましたね。もしかして……私たちは無駄な遠回りをしてたんでしょうか」

「そんなことないよ」

それは現がはっきりと否定する。

「事件の真相を明らかにするには、それがわかっただけじゃ駄目だよ」

彼の言うとおりである。

「なるほど……では、これはどうでしょう。眼球の像に血をかけたのは誰かによるイタズラですか？」

「イイエ」

百鬼はその答えを、駒野の聴取を行う前に現から聞いていた。

今回の事件はイタズラではない。それを念頭に置いていたからこそ、誰かがペットボトルに入れた血液を眼球の像にかけた可能性は低いだろうと考えてしまっていたのだ。

「つまり、一見、イタズラに思える行為ですが、そうではなく、何か目的があったということですね。次は誰がやったかですが――」

それこそ不実在探偵の得意分野だ。当てずっぽうでも列挙していけば、やがて犯人にはたどり着く。

「御子柴さんがやりましたか？」

「ハイ」

「ぐえ、まさか、一発で当たるなんて」

調子づいていた烏丸だが、少し困惑している。

「犯行が可能だったのは〝対話の間〟の鍵がある受付に一人でいる時間があった御子柴さんか駒野さんで、ひとまず怪しい方を選んだんですが、呆気なく、犯人がわかってしまいましたね……」

だが、それができるのも不実在探偵の推理の強みである。それに、犯人がわかったところで、解決にはならない。百鬼たちが明らかにすべきは、なぜ御子柴がそんなことをしたかなのだ。そこで百鬼は疑問を口にする。

「今回の〝神託の儀〟は御子柴が大神を説得して開催させた。それなのに、御子柴は眼球の像に血をぶっかけて、自らの手で儀式を中断させた。なぜだ？」

御子柴の意思に行動が伴っていないように思える。

「教団を運営していくために中止になっていた〝神託の儀〟を再開させて、存続するのが彼女の意向だったはずだ。しかし今回の事件が起きたことで、結果として〝神託の儀〟は中断、これからの〝神託の儀〟も中止だろう。結局、何が目的だったんだ？」

今、問題になっているのは、御子柴が眼球の像に血をかけた行為がイタズラではないと不実在探偵が断言していることである。イタズラなら被害者は存在せず、大きな事件性はないと判断できた。だが、そうではないのだ。

あの堅物そうな御子柴が、何らかの意図をもって事件を起こした。己の信奉する神の像に血をかけるなんて不敬を働いたことには、何か余程の理由が潜んでいるのではないか。百鬼にはそう思えて仕方なかった。

「あ、オニさん、ヤバいかもしれません」

何かを思いついたらしい烏丸の声色が変わる。

「何がヤバいんだ？」

「古来より、神殺しは神に成り代わるための儀式です」

「もっとわかるように言えよ」

どうして急に宗教研究家みたいになったのか。

「御子柴さんがなぜ〝解き明かす者《アンサラー》〟を殺したのか。一ヵ月前にいなくなった〝解き明かす者《アンサラー》〟。そして、神様の像にかけられた血液。それらは全て繋がっていたんです。つまり、御子柴さんは一ヵ月前に〝啓示の間〟に住んでいた〝解き明かす者《アンサラー》〟である大神さんのご家族を殺害し、その血液を神様の像にぶっかけることで神殺しを成し遂げ、自分が新たな神として成り代わろうとした。全ては〝神の眼〟を乗っ取るための行動だったんです」

「イイエ」

間髪入れずに現が答えた。

「あ、ウツツ君、私、まだ手をあげてなかったですよ？」

「でも、彼女がすぐに否定したんで。今の推理、好きじゃなかったのかも」

「……えー？」

烏丸は不服そうだ。

百鬼としては、飛躍はしているが面白い推理だと思った。

だが、そうだとすると気になる点が幾つかある。

「まぁ、違うって話だが、とりあえずお前の推理で気になったのは一ヵ月って期間だな。なぜ本物の〝解き明かす者《アンサラー》〟を殺してから、偶像の〝解き明かす者《アンサラー》〟を殺すまでに時間が空いたのか」

「それは死体処理にかかった時間じゃないですかね。完全に証拠を消すために一ヵ月かかったんでしょう」

やはり結構きちんと考えられている。その推理でも、いろんな辻褄は合うのだ。

しかし、不実在探偵が『イイエ』と答えたことには必ず根拠がある。

「じゃあ、神殺しの為に神様の像に血をぶっかけたとして、その血が部屋の左奥へと続いてたのはどうしてだ？　ペットボトルでバシャバシャと像に血をかけるだけなら、そんな跡は残らないはずだろ。わざわざそうしたってことは、何か意味があるんじゃないか？」

「えっと……？　うーん、どうしてなんでしょうねぇ」

殺害した人間の血液をストックしておき、人々が信仰する神様の像にかけることで、自分が新たな神になる。それは、かなりの猟奇的発想だ。もし、実際にそんなことを実行する人物がいるとすれば、こちらの理解が及ばない異常な思考の持ち主に違いない。ただの勘でしかないが、百鬼には御子柴がそんな人物であるようには思えなかった。

部屋の奥へと続く血の道。

御子柴がそれを作った理由がわかれば、彼女の目的に辿り着けそうな気がする。

「……僕が気になってるのは、謎が解けたってアリスが言ったタイミングなんだけど」

百鬼と烏丸が思い悩んでいると、現が口を開いた。

「それって一ヵ月ぶりに〝神託の儀〟をするにあたって、御子柴さんが参加者を選んだって話のときだったんだよ。烏丸さんから信者の那須さんと若名さんのことを聞いたら、謎が解けたって。だから、謎を解く鍵はそこにあると思うんだ」

彼の謎解きへのアプローチは、不実在探偵がどう考えているか、どんな反応をしたかに軸足を置いているようだ。百鬼はそのときの話を思い出す。

「あのとき聞いたのは二人のプロフィールだったか。確かに今日の〝神託の儀〟の参加者は御子柴が選んでいる。そこにも意味があるかもしれないな。那須は主婦で元看護師。もう一人の若名の職業は……」

「児童福祉司ですよ」

烏丸がそう答えた。

「そうか。二人は信者だが、お前は一般参加。なんで、この三人を御子柴が選んだのか。駒野はお前が選ばれた理由を疑問に思っていた」

「共通点は全員が女性であることでしょうか。駒野さんは〝解き明かす者《アンサラー》〟なら、私を選ばないって言ってましたね」

「性別だけでお前を選んだとは思えん。普通に考えりゃ、事前に提出した相談内容で選考されたんだと思うが〝神託の儀〟が中止になることは御子柴にはわかっていたはずだ。眼球の像に血をぶっかける予定だったんだからな。だから、お前の相談内容なんてどうでもよかったはずだ」

「どうでもよくはないですよ。十万円ですよ？　十万円払う価値がある相談内容です。〝解き明かす者《アンサラー》〟が解いてくれていたら、今頃、ミステリ界にはとんでもない旋風が吹き荒れてました」

「それはないだろ。一ヵ月前に〝解き明かす者《アンサラー》〟はいなくなってるんだ。たとえ、今回中止にならなくても、お前が持ち込んだ謎が解けることは万が一にもない」

「でも〝解き明かす者《アンサラー》〟がいなくなってることなんて、御子柴さんもわからなかったはずじゃないですか」

そう言われて、百鬼ははっと気が付いた。

そう。〝解き明かす者《アンサラー》〟が何者か。どんな状態でいたのか。どうなったのか。そもそも、存在しているのか。それは〝啓示の間〟に出入りできる大神にしかわからない。

「オニさん、どうしたんです。口をぽかんと開けて」

「ああ……」

頭の中でピースが嚙み合う。

「お前は、何だ？　言ってみろ」

そう問いかけられて、烏丸はパチパチと睫毛をしばたたかせた。

「黙っていれば美人だとたまに言われます」

「違う。お前は刑事だ」

「そうでした」

百鬼は手をあげて不実在探偵に尋ねる。

「御子柴が烏丸を選んだ理由は刑事だからか？」


「ハイ」


「私が刑事だから選ばれた？」

「御子柴は今回の事件の第一発見者として刑事であるお前を選んだ。選、考、基、準、は、職、業、だ、っ、た、ん、だ、よ」

なぜ、御子柴は〝解き明かす者《アンサラー》〟に血をかけたのか。

「今回の事件では御子柴の用意した職業が鍵だったんだ。元看護師、児童福祉司、刑事、そして、医者。それぞれに何ができるか」

「医者なんていませんよ？」

「いるだろ。御子柴の旦那だ。外科医で総合病院を経営している。医者がいれば、眼球の像にぶっかけるための血を生物を害することなく用意できる。輸血用血液製剤、つまり輸、血、パ、ッ、ク、でペットボトル一本分、用立ててもらうとかな」

血液に関しては、血のり、家畜や野良の犬猫から採血したもの、自分の血を抜いて貯めたもの、色んな可能性が考えられる。だが、結局何なのかはこれから成分を調べないことにはわからない。ゆえに不実在探偵に聞いても返答は期待できず、推理の足掛かりにするには頼りない証拠と言えた。

しかしながら、大事なのは〝解き明かす者《アンサラー》〟の血液が使われていない可能性が存在することだ。

「現場の血は〝解き明かす者《アンサラー》〟のものではない。その条件のとき、どんな推理が成立するかって話だ」

これまでの経緯と不実在探偵の推理を踏まえれば、事件の全体像が見えてくる。

なぜ〝解き明かす者《アンサラー》〟は血の涙を流さなくてはならなかったのか。

その答えを導くには、眼球の像から部屋の左奥のドアへと血の道が続いていた理由を明らかにすることが重要だろう。

「……よし、行くぞ」

百鬼は意を決して立ち上がった。

「行くってどこにです？」

「大神たちのいる受付だよ。答え合わせは、犯人にしかできねぇんだからな」

※

受付は整理整頓が行き届いており、働きやすそうな場所だった。

百鬼たちが入っていくと、デスクの椅子に腰かけて何ごとかを話し合っていた教祖の大神、教導長の御子柴、教団員の駒野がそれぞれに立ち上がった。大神は落ち着いた態度で、御子柴は相変わらずの固い表情で、駒野は曇った顔で、こちらを見る。

「答えは見つかりましたか？」

穏やかな口調で大神が尋ねてきた。

「ええ。それが正しいかどうか、皆さんに確認してもらいたいんですが、いいですかね？」

「勿論です」

烏丸と現が百鬼を挟んで両隣に並んだ。

現の手にある黒い箱は、まだ蓋が開けられたままだ。

居ても立っても居られない様子で、駒野が声をあげる。

「それって〝解き明かす者《アンサラー》〟が本当に死んだのかどうかってこと？」

「ああ、そこも含めて話をする。まず、俺たちは今回の事件、当然、神様が死んだから眼球の像が血の涙を流したとは思っていない。ある目的を達成するため、誰かが眼球の像に血をかけたんだと考えている」

そして、百鬼は御子柴を見る。

「その誰かとは教導長の御子柴さん、あなたです」

視線が御子柴に集まった。

「どうして私がそんなことを？」

御子柴はそう聞き返してくる。

その表情はとぼけているようでも、こちらを試しているようでもなかった。単純に、どのようにしてその結論に至ったのかを知りたい。そんなふうだった。

「あなたは〝対話の間〟の鍵のかかったドアの向こうを調べたかったんだ」

「なぜでしょうか」

今度の返答には挑戦的な響きがあった。

「それは〝啓示の間〟に〝解き明かす者《アンサラー》〟がいるかを確認するためだ」

御子柴は僅かに唇を歪ませて、胸に手を当てる。

「神がどこにいるのか。そのようなこと、確認せずともわかりきっていることです。〝解き明かす者《アンサラー》〟は私の目を通して、全てを見ていらっしゃいます。探さずとも神はこの心のうちにおります」

花丸をつけてあげたくなるような宗教家の発言だった。

「これまではそれでよかったのかもしれない。だが一ヵ月前に大神さんが『神の声が聞こえなくなった』と言って〝神託の儀〟をやめてしまったことで、そうは言ってられなくなったんだ。この教団は〝解き明かす者《アンサラー》〟在りきで成り立っている。〝神託の儀〟ができなくなったら遅かれ早かれ教団を畳むことになるだろう」

それこそがこの事件の発端である。

「神はなぜ沈黙を続けるのか。原因を探り、どんな状況にあるのか、確かめなくてはならない。そこで問題になったのが〝解き明かす者《アンサラー》〟が実在するか否かだった。姿なき超常の存在であればお手上げだが、もし、誰かが演じているのであれば、当然話は変わる。その存在を目で見て確かめることが可能なんだからな」

大神も駒野も口を挟もうとしなかった。

百鬼が出した〝答え〟を聞き届けようというのだろう。

「では〝解き明かす者《アンサラー》〟が実在するとしたら、どこにいるか。教祖は〝啓示の間〟で神の声を聞く。そして〝啓示の間〟は教祖以外の出入りが禁じられている。言わずもがな〝啓示の間〟は秘密の部屋だ。誰だって怪しいと睨む。そこを探さなければ、何もしないも同然だろう」

誰かが〝解き明かす者《アンサラー》〟を演じている。

それを前提にしている推理だが、この場でそれに異論を唱える者はいない。

見えない神様と対話しているのではなく、姿を隠した人間と対話している。そう考えるのが自然であり、常識である。そうだとしても、表立って口にしないことが、宗教団体ではお約束だろう。

「だが〝啓示の間〟を調べるには〝対話の間〟にある鍵のかかったドアを突破しなくてはならない。鍵は一つしかなく、大神さんが肌身離さず所持している。しかし、そんなことは関係なく、あなたには〝啓示の間〟を調べることができない理由があった」

「その理由とはなんでしょう」

「教導長のあなたが、信者は〝啓示の間〟に足を踏み入れてはいけない、という戒律を破れるんですか？」

「いいえ」

彼女はきっぱりと否定した。そこに彼女の信仰心の強さが垣間見える。

「戒律を説く者が戒律を破れない。だから、あなたは〝啓示の間〟を調べることができなかった。そこで一計を案じることにしたんだ。自分にできないなら、できる者にやらせるしかない。その方法こそが〝神託の儀〟に招いた刑事に血がぶっかけられた眼球の像を見せることだった」

「それがなぜ〝啓示の間〟を調べることに繋がるのです？」

まるで質疑応答だった。一つ間違えれば、こちらの推理は崩れてしまう。危うい橋を渡るような感覚を覚えるが、それでも百鬼は自分の推理に自信を持っていた。

「刑事があんな大量の血液が撒き散らされた現場を見せられたら、近くに怪我人がいないか探さずにはいられない。そして、怪我人が見つからなければ、戒律で禁止されている場所にも踏み込んでいくだろう。いくら教祖がドアを開けることを拒否しても無駄だ。公権力を行使してでも〝啓示の間〟は調べる。あなたが必要とした人材は、戒律に触れる信者ではなく〝対話の間〟のドアを無理やりにでも突破できる刑事。都合よく一年前に相談を寄せていた、うちの烏丸だった」

烏丸ではなく百鬼によってだが、実際に〝対話の間〟のドアは開けられ〝啓示の間〟の調査が行われた。御子柴の計画はうまくいったことになるだろう。

「そうであるという証拠はありますか？」

「あるさ。眼球の像から部屋の左奥のドアへと続く血の道だ。あの血の道はドアで途切れている。その先に怪我人など存在しなかったのになぜ、あんなものがあるのか。あれはドア向こうに怪我人がいるかのように思わせる演出だったんだ。他に、あんな血の道ができる理由がない」

「そのような工作をしたのが、私である証拠は？」

その点も抜かりはない。

「今日の朝、鍵のある受付に一人になれる時間があった駒野さんとあなたには犯行が可能だろう。大神さんは誰よりも先にここにやってきていたが〝対話の間〟の鍵は前日に駒野さんが持ち帰っていたので、入ることができなかった。烏丸より後にやってきた那須さんと若名さんには、そもそも不可能だ」

「それでは、私か駒野さんのどちらかということにしかならないのでは？」

堂々と問いかけてくる御子柴は、言い逃れしているようには感じられなかった。

百鬼の推理を最後まで完遂させようとしているだけに思える。

「犯人は〝啓示の間〟に〝解き明かす者《アンサラー》〟がいるか、いるのであればなぜ沈黙を続けるのか、一ヵ月前に何があったのか、それらを知るために今回の事件を起こしたんだ。つまり〝啓示の間〟の調査結果を確認してこそ、目的が達成されるわけだ。〝啓示の間〟の調査を終えて怪我人はいなかったと俺が伝えているにも拘わらず『何も事件性はなかったか？』と確認してきたのは、駒野さんじゃなく、あんただった。おそらくあんたは〝啓示の間〟で監禁や殺人の事実があったのではないかと疑っていたんだろう。そんなことを考えるのは、犯人だけなんだよ」

ずっと固い表情をしていた御子柴が、そのとき初めて薄く微笑したように見えた。

よくできました、と言わんばかりの、母親が子供に向けたような微笑だった。

「教導長、いかがでしょう。その〝答え〟が正しいのでしょうか」

おもむろに大神が口を開く。


「はい。間違いありません。おっしゃる通りです」


教祖に返答を促されると、御子柴は静かにそう認めた。

「全て〝啓示の間〟を調べてもらうために、私が仕組んだことです」

もう我慢できないとばかりに、烏丸が口を挟む。

「どうして、こんなまどろっこしい方法をとったんです？　監禁や殺人のような重大犯罪を疑っていたのであれば、手っ取り早く警察に通報してもよかったのでは？」

「証拠は何もありません。通報したところで、念のために訪問するくらいが警察の対応ではないかと思いました」

御子柴の言うように、通報だけで警察が誰かの所有する建物の内部を強制的に調べることはないだろう。それをするには、相当な事件が起きているという証拠が必要だ。そう考えれば、今回の〝現場に大量の血液を撒く〟という行為は、重大犯罪の可能性を示唆するには十分であり、よく考えられた方法だといえた。

「それに通報によって警察の手が入るのは、教団への悪印象を周囲に与えることになります。犯罪の疑いをかけられた宗教団体。たとえ冤罪だったとしても、世間からのイメージダウンは大きく、この小さな教団にとっては致命的なものになりえます」

もう隠すことはないとばかりに、彼女は明け透けに答える。

御子柴に教団を存続させたい気持ちがあったことは確かだろう。それ故に、できる限り大事《おおごと》にしたくなかったという気持ちは理解できる。そうでなくとも、新興宗教という言葉の響きだけで胡散臭く思われるのだ。警察が調べたところ問題なかったでは済まない。

「当事者の刑事さんだけなら、もし調べても何もなかったときに、私がイタズラだったとさえ自白すれば穏便に済ませられるのではないかと考えました。あのペットボトルはイタズラであることを証明するためのものでもあったのです。ただ、すぐに見つかってしまうと〝啓示の間〟の調査は不要だと判断される恐れがあったので、調査が終わるまでは、手元ではないどこかに隠しておく必要がありました」

しかし、その説明では烏丸は納得いかないようだ。

「穏便に済ませるのであれば、それこそ大神さんに相談すればよかったんじゃないですか。特別に〝啓示の間〟を確認させてもらうとか」

「それはできないんだ」

百鬼は割って入った。その理由を御子柴に語らせるのは気の毒だ。

「もし〝啓示の間〟で監禁や殺人が行われていたのだとしたら、そこに出入りできる大神さんが一番の容疑者だ。だからこそ、回りくどい手段を講じるしかなかった」

「ちょっと待って」

そこで駒野が異議を唱えた。

「結局、教祖様は〝解き明かす者《アンサラー》〟の監禁も殺害もしていなかった。そもそも〝啓示の間〟に〝解き明かす者《アンサラー》〟はいなかったってこと？」

「……言えるのは、俺が〝啓示の間〟を調べても犯罪行為は見つからず〝解き明かす者《アンサラー》〟もいなかったということだけだな」

不実在探偵の推理で〝解き明かす者《アンサラー》〟の正体は、ほぼ推測できているが、それをここで明かす必要はない。それは宗教団体として知られては困ることだろう。そう考えたからこそ、百鬼は〝解き明かす者《アンサラー》〟の正体への明言を避けるように推理を展開したのだ。

「じゃあ〝解き明かす者《アンサラー》〟は、本当に実体のない神様だった？」

駒野は唇をほころばせ、そこから銀色の歯列矯正器具をのぞかせた。

「さあな。どう捉えるかは、あんたの信仰次第だろう。とにかく事件としちゃあ、眼球の像に血をぶっかけただけ。器物損壊。微罪だ。現場の血液だけは調べさせてもらうが、警察の手が入ったことがわからねぇようにやらせる。少なくとも、俺たち刑事の出る幕はこれで終わりだろう」

御子柴を罪に問うかは、大神が事件化を望むかにもよる。

だが、一ヵ月前に〝解き明かす者《アンサラー》〟がいなくなった理由、何が起きたのかは、大神に確認しておかねばならない。この場を解散させた後、大神一人に話を聞くつもりだった。

そのとき、大神が御子柴に優しく語り掛ける。

「教導長、あなたは教団の存続のために今回のことをした。それで間違いありませんか？」

御子柴はそんな彼の視線をまっすぐに見返して答える。

「はい」

大神はしばらく御子柴を見つめていたが、やがて溜息を吐くと、今度は百鬼を見る。

「刑事さんは〝解き明かす者《アンサラー》〟の正体について、おわかりになられませんでしたか？」

まるで何でもないことのように、さらりと聞いてきた。

「ほぼわかった気でいるが……いいんですか？　ここで話しても」

その正体について今話せば、当然、御子柴や駒野に聞かれることになる。

「構いません。むしろ、必要ではないかと考えております」

御子柴を問い詰めるのにも〝解き明かす者《アンサラー》〟の正体には触れないように配慮した百鬼の苦心は何だったのか。だが、聞かれたのならば、答えるまでだ。

「〝解き明かす者《アンサラー》〟の正体は、あなたの孫娘だろう」

その答えに大神はしっかりと頷き返した。

「ええ？」

駒野が間の抜けた声をあげる。そして、慌てて口を手で押さえた。彼女にとっては予想外の展開で声が抑えきれなかったようだ。

すると、大神は牧師服からパスケースを取り出し、それを開いて一枚の写真を百鬼に見せた。何かが吹っ切れたような、そんな表情だった。

「孫の理世《りせ》です。今年で十九歳になります」

そこには藍色のシルクガウンに身を包んだ長い黒髪の華奢な少女が写っていた。

透き通るような色白で微笑する姿もどこか儚げに思える美しい少女である。そのガウンは〝啓示の間〟のクローゼットの中に入っていたガウンと同一の物のようだ。

「理世が〝解き明かす者《アンサラー》〟で、間違いありません」

大神の口からその正体が明かされた。

※

「待って待って」

駒野が百鬼の方にやってきて、身体をねじ込むようにして写真を覗きこんだ。

「……推せる」

その言葉に百鬼が顔を顰めると、彼女は首を竦めて離れる。

「広海さん、僕にもちょっとそれ、よく見せてくれる？」

百鬼が写真を見せると、現は難しい顔でそれをじっと見つめた。

「どうした？」

「なんでもない」

何か有りそうに思ったが、たいしたことではないのだろう。

「刑事さんが、どのようにして〝解き明かす者《アンサラー》〟の正体に気づいたのか、聞いてもよろしいでしょうか？」

写真を百鬼から返された大神が、そう尋ねてきた。

またか、と思う。この教団の人間は質問ばかりだ。

だが、百鬼は最後まで付き合うしかないと腹をくくった。

「〝神の眼〟はあなたが設立した宗教団体だ。そして〝解き明かす者《アンサラー》〟なる人物が実在するのであれば、あなたにとって近しい存在、血縁関係ではないかと。身内だから十年も〝啓示の間〟に引きこもり続ける人物をあなたは世話し続けられた。他人だとなかなかそうはいかない。あなたの奥さんは亡くなっていて、娘さんと孫娘がいる。であれば、そのどちらかだろう」

不実在探偵が〝解き明かす者《アンサラー》〟の正体を特定しなかったのは、それらの推察が全て大神の証言に基づいているからだ。大神は『神に誓って嘘を言わない』と言ったが、それが嘘の可能性がある。つまり、証拠が何もないのだ。

「それで、どうして孫の方だとわかったのですか？」

「御子柴さんが想定していた〝解き明かす者《アンサラー》〟が未成年者だったからだ」

百鬼がそう口にすると、御子柴が目を伏せた。

「おそらく、御子柴さんには〝解き明かす者《アンサラー》〟が〝啓示の間〟にいることも、その正体にも察しがついていたんだろう。もちろん、教団をどうにか存続しなければならないとの気持ちもあったはずだが、それよりも、一ヵ月前、理世さんの身に何か異変があったことを心配し、助けようとしたんじゃないかと俺は考えている」

結局〝啓示の間〟の調査は、教団存続への有効な手段ではないのだ。

たとえ〝解き明かす者《アンサラー》〟がそこにいたとしても〝神託の儀〟が行えない現状の理由がわかるばかりである。そうするよりは〝解き明かす者《アンサラー》〟がいなくても教団を存続させられる新しい取り組みを考えた方が、よっぽど打開策となり得るだろう。

御子柴のやろうとしたことは〝解き明かす者《アンサラー》〟の安否確認だったと考える方がしっくりくるのだ。彼女がその真意を口にしなかったのは〝解き明かす者《アンサラー》〟の正体に触れざるを得なくなってしまうからに違いない。

「それは、今回の〝神託の儀〟で御子柴さんに選ばれた参加者たちからわかることだ。烏丸は刑事、信者の那須さんは元看護師で、若名さんは児童福祉司。なぜ彼女たちだったのか。御子柴さん、聞きたいんだが、医者であるあなたの旦那も、この近くのどこかで待機していないか？」

　しかし、御子柴は黙して答えない。

「教導長、真実をお話しくださっても問題ありません」

　大神にそう促されると、ようやく彼女は目線をこちらに合わせた。

「はい。夫は近くの喫茶店で私からの連絡を待っております」

「つまり〝解き明かす者《アンサラー》〟が犯罪行為にまきこまれていたときの刑事、病気や怪我をしていたときの医者と看護師。そして、未成年が監禁されていたときに対応できるように児童福祉司。最悪のケースに対応できるように備えられた面子だったわけだ」

　ただ、理世の十九歳という年齢には引っ掛かりを覚える。もう成人で、児童福祉司が必須であるとは思えない。その辺りの不確かさも、不実在探偵が〝解き明かす者《アンサラー》〟の正体を断定しなかった理由なのだろう。

　百鬼の言葉に大神は少し首を捻って、御子柴に尋ねる。

「教導長は理世と面識があったのでしょうか？　〝解き明かす者《アンサラー》〟の正体は誰にもわからぬよう、注意を払ったつもりだったのですが」

「いえ、面識はございません。しかし、私は教祖様のお嬢さんと教団設立以前から知り合いだったのです。知り合いと言っても、連絡先を交換した程度の浅い関係ですが。この〝神の眼〟を知ったのも彼女から『子供を預けた両親が宗教活動を始めた』と聞いてのことでした。興味本位で訪ね、そして〝解き明かす者《アンサラー》〟の言葉に導かれ、今に至ります」

御子柴は感情を表に出さず、淡々と話す。

「そのとき、教祖様ご夫妻にお会いして、彼女の子供の姿がなかったことから、もしかして、とは考えました。ですが、何か事情があるのだろうと余計な詮索は慎んだのです。彼女ともすぐに連絡が取れなくなってしまい、詳しい話を聞くこともできず、彼女の子供のことは『子供』であることを知っているばかりで、年齢や性別も知りません。ただ私は〝解き明かす者《アンサラー》〟が神様として、悩める者を導く存在であってくれさえすれば、その正体が何であれ良かったのです」

やはり御子柴も〝解き明かす者《アンサラー》〟の正体を、はっきりと確信していたわけではないようだ。子供だと聞いてから十年ほど経ったとはいえ、元が何歳なのかわからなければ、まだ未成年であると考えてもおかしくはない。

「なるほど。そうでしたか」

腑に落ちた様子で大神は頷き、少し考え込んでから口を開く。

「……では、一ヵ月前、理世に何が起きたのかをお話しします」

彼は牧師服から、今度は折り畳まれた紙を取り出して、百鬼に渡す。

「理世がいなくなった日、教会のポストにそれが入っておりました」

そこには三行の文字が印刷されていた。

神様は預かった

問題がなければ帰す
警察に通報したら殺す

「理世は誘拐されたのです」


「それって身代金目的の誘拐ですか？」

烏丸が百鬼の手から脅迫文を奪い取った。

今の時代、身代金目的の誘拐は減少した。デジタル化によって秒単位で逆探知ができるようになったことや、町中に防犯カメラが設置されたことで、非常に難易度の高い犯罪になったからだ。

百鬼は眉を顰める。

「文面からすると、身代金が目的ってわけじゃなさそうだが」

この脅迫文が誘拐の証拠であると即座には判断できない。誘拐だと思わせたい誰かが自作した可能性もある。そして、誘拐にしては腑に落ちない点があった。

「外から〝啓示の間〟に入るには、あなたの持ってる鍵が必要だ。鍵をとられた、壊されたって話じゃなけりゃ、誘拐じゃなく、自分でその脅迫文を作成し、出て行ったと考えるのが妥当に思えるが？」

もっともだとばかりに大神は頷いて返す。

「当日、〝啓示の間〟へのドアの鍵は壊されずに開いていました。まず私は、自分の鍵のかけ忘れを疑いました。そのせいで理世が誘拐されたのだと。しかし、誘拐のタイミングと、今まで一度もない鍵のかけ忘れがたまたま重なったとは考えにくい。次に考えたのは、理世が自分の意思で鍵を開けて出て行った可能性です。しかしながら、彼女にはそのような脅迫文を作成することができなかったことに気づきました」

「パソコンが使えるのなら、こんなもの、簡単に作れるのでは？」

「印刷できる機器がここには受付にしかなく、それを使うには受付のパソコンにログインすることが必要なのです。ですが理世はアカウントを所持していません」

少なくとも理世以外の誰かが脅迫文を作成した、と大神は考えたようだ。

「誘拐、失踪、どちらであれ、私は警察に通報しないことに決めました。問題がなければ帰す。その文面を信じようと。余計なことをしないのが最善だと考え、ただ理世が帰ってくるのを待ちました。しかし、一ヵ月経っても何の音沙汰もありません。そして、今回の出来事です。私は、あの血を見て理世が殺されてしまったのだと思いました」

それで、大神はあれほど動揺していたのだ。

「しかしながら、すぐに違和感を覚えました。なぜ、血だけで死体が見当たらないのか。これは、誘拐犯からのメッセージなのではないか。慌てず慎重に状況の推移を見守って、その真意を明らかにしなくてはならないと考えたのです」

大神が調査に協力的だったのは、彼も眼球の像に血をかけた犯人を知りたかったからかららしい。

「それなら、俺たちの〝啓示の間〟の調査は都合よかったはず。どうして、ドアの開錠の拒否を？」

「もし、その調査で〝解き明かす者《アンサラー》〟が理世であることに気づかれたら、刑事さんは、あの血が彼女のものだと考えるでしょう。そうなれば、事件化されるのは必然です。それは、誘拐犯に通報したとみなされるかもしれません。あのときは〝啓示の間〟がどうなっているのかも不明でしたし、理世が殺されてしまったとも限りませんでした。だからまず、何事かを、自分一人で私室に赴き、己の目で見極めるまでは、事情を話すべきではないと考えたのです」

なぜ、大神は〝啓示の間〟の調査の後、安堵したのか。

そこに理世の死体がなかったから。そして、そこに住んでいた理世の存在に気づかれなかったからのようだ。

烏丸が脅迫文を大神に返して問う。

「どうして今、誘拐の事実を我々に告げたんですか？　私たちは刑事です。これは通報したも同然ですよ。この中に誘拐犯がいないとも限りません。大神さんは脅迫文の文面に従って、理世さんの帰りを待つことにしたんですよね？」

確かに言うとおりである。〝解き明かす者《アンサラー》〟の正体は人間だが、本人の意思で失踪してしまった。そう誤魔化されたら、こちらはそれ以上追及できない。理世の解放を待ちたければ、誘拐の事実は隠し通すべきだったのだ。

「あなた方の行動を見て、告げるべきであると判断しました」

大神は柔らかく微笑する。

「駒野さんは〝解き明かす者《アンサラー》〟の正体を知りたがり、教導長は理世を助けようとし、刑事さんたちは謎を解き明かした。どれも誘拐犯の行動とは思えません。あなたたちを信用すべきか。その問いにあなたたちは正しく答えた。この一ヵ月、気の休まる日はありませんでした。私は十分に待った。今となっては、その判断が誤りだったとわかります」

そして、彼は深々と頭を下げた。

「どうか、理世を助けていただけないでしょうか」

殺神事件ではなく、神様の誘拐事件。

それこそが、この謎を解くべきだと、不実在探偵が判断した理由だったようだ。

※

その後、誘拐犯を見つける為に、〝神託の儀〟の相談内容を御子柴と烏丸に調べてもらったところ、わかりやすく異質なものが一つ見つかった。

一ヵ月前に行われた最後の〝神託の儀〟で〝解き明かす者《アンサラー》〟が選んだ相談である。

その相談内容は、たった一行だけ。
安楽椅子探偵ゆえの過ちを問う。
百鬼は、その相談を寄せた人物の捜査を始めた。

第四章

不実在探偵と埋められた罪

百鬼広海《なきりひろみ》が呼び鈴を何度も押し続けていると、やがて、ガラガラと玄関の引き戸が開かれ、中から不精ひげの男が姿を現した。

その男は百鬼を見るなり、苦虫を噛み潰したような顔をする。

「……なんだ、百鬼か。久しぶりだな」

彼の紺色のシャツには脇汗がべったりと滲み、作業ズボンの裾は湿った泥で汚れている。手には園芸用スコップが握られていた。

「ホオさん、こんな朝っぱらから庭いじりでも？」

百鬼はさり気なく手の中のボイスレコーダーの録音ボタンを押す。

その男、保城康平《ほおじろこうへい》はスコップを僅かに持ち上げると、百鬼の隣にいる烏丸可南子《からすまかなこ》をジロリと一瞥した。

「ああ、ちょっとな」

「随分と痩せたじゃないですか。ちゃんと飯は食べてますか？」

「……刑事《デカ》辞めたら萎んじまってな。あんま体動かさねぇから、食う量も減った」

彼は空いた手で、その痩せた頬を撫でる。

保城は百鬼がまだ新人だったとき、第一線で活躍していたベテラン刑事だった。組んだことはないが、幾つかの事件で関わったことがある。その頃には中年を過ぎていた保城は年相応に肉がついていたが、今では痩せて、まるで別人のようだった。自己都合で退職して五年経っている。

「それで、俺に何の用だ？」

白髪の目立つ髪に、深く刻み込まれた皺。

しばらく見ないうちに彼は、めっきり老け込んでしまったように見えた。

「ホオさん、宗教団体の〝神《かみ》の眼《め》〟について知ってます？」

「知らねぇな」

被せ気味に言われる。

「そんなわけないでしょう。刑事やってたときから、今でもずっと信者だそうじゃないですか」

保城が目を細めて百鬼を見た。

ただ視線を向けられただけだが、その目に百鬼は気圧される。

ひとたび事件が起きれば地の果てまで貪欲に食らいついて犯人を逃さない。そんな姿勢と名前から、保城は〝捜査一課のホホジロザメ〟と冗談半分に呼称されることもあった。言葉を荒らげることなく虎視眈々と追い詰めるタイプの刑事。退職しても、その気迫には翳りがない。

百鬼も肝は据わっている方だが、保城のそれは別格だった。

「一ヵ月前に〝神託の儀〟にも参加してますよね？　ホオさんの相談内容は〝安楽椅子探偵ゆえの過ちを問う〟とだけ。それがなぜか選ばれて、教団の神様〝解き明かす者《アンサラー》〟と対話している。そして翌日、その神様はいなくなった。ホオさん、あんたはそれに関わってますよね？」

保城は答えずに鼻で笑った。

「車庫にある白いワゴン車。あれと同一のものが神様が失踪した夜に、現場にやってきて去ったことが監視カメラで確認できました」

「それだけだろ？」

こちらの心を見透かしたかのように言う。

その通りである。教会付近のコンビニの監視カメラに、当日、保城の所持しているものと同タイプの車が映っていた。それだけだ。ナンバープレートは識別されにくい工作がされていたために不明瞭で確認できず、追跡途中で完全に行方を見失ってしまった。保城が関わっている証拠は他に何もない。

しかし、まるでこちらの追跡を想定したかのような動きから、犯人は捜査関係者ではないかとの疑いが強まった。

「でも、ガサ状はとってきました」

百鬼の言葉に合わせて、烏丸が捜索差押許可状を取り出して見せた。

家宅捜索のための人員は、保城の逃走を防ぐべくこの付近ですでに配置についている。

確たる証拠がないため、保城の家宅捜索に上司は二の足を踏んだが、百鬼が根気よく説得して、半ば強引に実行に踏み切らせたのだ。そうすべきだと百鬼が考えた理由は、大神理世《おおがみりせ》の消息不明から一ヵ月も経っており、悠長にことを構えられない状況であること、それから最後の〝神託の儀〟の意味深な相談が、元刑事の保城のものだとわかったとき、何かあると直感が囁いたからだった。

「フダは？」

それは逮捕状を意味する。

「必要ないでしょう。俺は誘拐じゃなくて失踪だと踏んでます。ホオさんはそれに手を貸したんじゃないかって。どうですかね。話、聞かせてもらえませんか？」

こちらをじっと見つめていた保城が、フッと表情を緩めた。

「ここで俺を迷わせるのか」

「どういう意味です？」

「落ちたから、終わらせた。だから、俺はもうどうでもいいんだ。どうしたって結果は変えられない。もう終わらせるつもりだった。だが、そこに何の因果か、お前が割り込んできた。それなら、確かめてもいい。神様なんぞいなかったし、要らねぇと思うが、運命ってのはあるのかもしれん」

彼の言わんとしていることは不明だ。

だが、その目に暗い光が宿ったように見え、百鬼の胸に一抹の不安がよぎった。

庭を一瞥する。花壇はあるが、そこは雑草が伸び放題で手入れされている気配はない。

そして、保城の持っている園芸用スコップも汚れていなかった。

「ホオさん、泥だらけのズボンはいてるわりには、そのスコップ、綺麗なもんじゃねぇか。どこの庭をいじったって？」

百鬼は警戒を強め、両手が使えるようにボイスレコーダーをポケットに滑り込ませた。

すると、保城はニヤッと笑みを浮かべる。

「ああ、ここじゃねぇよ。こんなもん使ってねぇ。これは庭いじりしてたってフリだ」

彼はスコップを軽く放り捨てた。

では、どこでズボンの裾に泥汚れがついたのか。直前まで重労働でもしていたかのようなシャツの汗染みは、どんな行動によってできたものか。

百鬼は自分の推察が外れていたことに気づく。

「……埋めたのか？」

その問いに、保城はこともなげに答える。

「ああ、殺して埋めた」

一番聞きたくない言葉だった。

「大神理世は失踪したんじゃなく俺が誘拐したんだ」

その言葉を吐き出した保城の表情からは、濃い疲労の色が窺えた。

※

広海と烏丸が僕の自宅を訪ねてきたのは宗教団体〝神の眼〟で起きた事件から三日後のことだった。

眼球の像が血塗《ちまみ》れだった理由は明らかになったが〝解き明かす者《アンサラー》〟の消息については不明なままだったので、捜査に進展があったら教えて欲しいと僕から頼んでいたのだ。

「保城の自宅では、首を吊るためのロープが居間にぶら下がっていた。遺書はなかったが、死のうとしていたものと考えられる」

広海は先ほどから終始曇った顔で僕に状況を説明している。

場所はキッチン。ダイニングテーブルを挟み、並んで腰かける広海と烏丸の対面に僕がいた。二人の前には僕が入れたインスタントコーヒー。こちらの手元には蓋を開けた黒い箱が置かれている。

その箱を開けた瞬間に、長い黒髪に白いワンピース姿の女性が姿を現し、今は僕の隣の椅子に腰かけて頬杖をついていた。興味がそそられるのか、愉快そうに薄く笑んで、話に耳を傾けている。

もちろん、それは僕の妄想でしかなく、広海たちには見えていない。

彼女は箱の中の不実在探偵《アリス・シュレディンガー》。

烏丸が名付けたのだが、何故か妙にしっくりとくる名前だと僕は感じている。

広海は咳払いをして、話を続ける。

「保城は一人暮らし。納屋や住居も探したが、大神の孫はおらず、庭には何かを埋めた形跡もなかった。ただ、保城は車で一時間ばかり行ったところの山林に遺体を埋めたとすぐに自供した。所有するワゴン車の後部座席から、ロープ、血液の付着したビニールシートやシャベル、工具の類も見つかった。それらからは保城の指紋が検出されている。殺して埋めたのは昨夜で、今朝自宅に戻ってきて死のうとしたところに俺がやってきたみたいだな」

あと一日早ければ、理世を助けられたのかもしれない。

だが、なぜ、そんなふうにぎりぎり間に合わないなんてタイミングになったのだろう。

「もしかして、大神さんが誘拐の事実を明らかにしたことが、犯人に知られてしまったとか？」

あのとき、教祖の大神は誘拐犯やその仲間がその場にいないと信じて、その事実を僕たちに語った。しかし、その判断が間違いだった可能性がある。教導長の御子柴《みこしば》か、教団員の駒野《こまの》が誘拐犯の仲間であり、そこから情報が伝わってしまったせいで殺されてしまったとも考えられるのだ。

「いや、保城は警察が動いたことは知らなかったと供述している。御子柴や駒野との接点も見つかってないし、教会には盗聴器も仕掛けられていなかった」

脅迫文には警察に通報すれば殺害する旨が書かれていたはずだが、それだけで通報の抑止は十分だと考えたのだろうか。実際はそれで一ヵ月も発覚しなかったので十分だったと言えるが、他に手段を講じていないのは手抜かりにも思えた。

「でも、実は問題はそこではないんですよ」

烏丸が身を乗り出して話に割り込む。

「我々が保城の供述に従って、遺体を埋めた場所を捜索したところ、確かに遺体はあったんです。ですが——」

彼女は一息、間を置いた。


「埋められていた遺体は男性のものでした」


「え？　男性？」

予想外の言葉に思わず聞き返してしまう。

「ええ。ですので、遺体は大神さんの孫の理世さんのものではありません」

確かに保城は殺して埋めたとは言ったが、それが誰なのかは明言していなかった。

「遺体は我々が被疑者を訪ねた日の未明に殺害されたものと推定されています。死因は鈍器による殴打での頭部損傷。被疑者のワゴン車に積んであったシャベルに付着していた血液が遺体のものと一致していますので、それが凶器と判断されました。なぜか、右手の小指が切断され、遺体の口の中に入れられていたことがわかっています」

思わず眉を顰めてしまうくらいの凄惨な状況だった。犯人は被害者にたいして強い怒りや執念を持っていたことが窺える。本来であれば、このような捜査情報を外部に漏らすことは言語道断なのだろうが、事細かな説明に烏丸からの信用が感じられた。

「じゃあ、理世さんはまだ生きてどこかに？」

「生存していると見込んで捜索中ですが、保城が正体不明である〝解き明かす者《アンサラー》〟のことを大神理世とはっきりと呼んだことから、失踪であれ誘拐であれ、何らかの関与があるものと考えています。ここまで話を聞いて、アリスちゃんはどう考えますかね。誘拐されたと考えていいんでしょうか？」

僕は黒い箱を一瞥してからアリスを見た。

彼女は首を傾げている。

「ワカラナイそうです」

「さすがにまだ判断できませんか」

理世は〝啓示の間〟から〝対話の間〟へと、自分で鍵を開けて出たと考えられている。そのことから、自分の意思での失踪に思えるが、もし、外へと誘《おび》き出されて連れ去られたのであれば、誘拐になるだろう。

「遺体の身元はまだわからないんですか？」

「それは遺体発見後に保城が自供した」

広海が渋い顔で答えた。

「有馬翔《ありましょう》。二十三歳、独身、銀行員。保城逮捕の前日の夜、仕事場からの帰宅中に攫われたと考えている。保城は俺たちが遺体を見つけてから、身元を明かしたんだ。どんな思惑があるのか知らんが、その後、俺に『わからないのか？』と言った。完全に舐めてやがる」

「理世さんの誘拐については？」

「誘拐は認めたが、それ以外は何を聞いても答えない。保城が話したのは、遺体を埋めた場所、被害者の名前だけ。後は俺に『確かめてくれ』と言ってだんまりだ」

「確かめてくれ？」

「何をかはわからんがな。とりあえず、保城と理世と有馬の関係性を調べている。捜査は一刻を争う状況だ。だから捜査の方向性の正しさを不実在探偵に確認しておきたい」

「ハイ」

アリスは顎に手をやって何だか偉そうな表情だ。僕の妄想の産物である彼女は、声を発さないので僕がダイスの目を確認して代弁しなくてはならない。これだけはっきりと見えるのだから、いっそ喋ってくれたらこちらも助かるのだが。

「一ヵ月前の〝神託の儀〟で、保城は〝安楽椅子探偵ゆえの過ちを問う〟との相談を寄せ、理世はそれに応じて対話した後、消息不明になった」

安楽椅子探偵とはミステリで使われる言葉である。

自身は現場には赴かず、やってきた情報提供者から与えられた情報のみで、事件を推理する探偵のこと。室内で安楽椅子に腰かけたまま、話を聞くだけで事件の謎を解いてしまう名探偵。それが安楽椅子探偵だ。

「〝啓示の間〟にいながら対話だけで謎を解き明かす〝解き明かす者《アンサラー》〟は、まさに安楽椅子探偵だと言えるだろう。つまり〝解き明かす者《アンサラー》〟が何かしらの過ちを犯したことを保城が非難した。それにたいする〝解き明かす者《アンサラー》〟つまり、理世の行動が〝啓示の間〟から外に出ることだった。そう考えていいか？」

「ハイ」

言われてみれば確かに〝解き明かす者《アンサラー》〟は安楽椅子探偵だ。

「そこで〝安楽椅子探偵ゆえの過ち〟とは何かだが〝解き明かす者《アンサラー》〟が外と関わるのは、相談者との対話くらいだ。だから、過去の相談の中にそれがあると考えられる。さらに目星をつけるなら、信者である保城がかつて相談したことの中にある。だから、俺たちはそれを調べなくてはならない。それで間違いないな？」

「ハイ」

「今んとこそれで捜査方針は問題ないか？」

「ハイ」

アリスは満足気に頷いている。

彼女がダイスを6の目にしていないことから、謎を解くための情報が足りないことは明らかだ。真相を明らかにするためにどんな情報が必要か、広海たちがやって来たのはそれを確認するためのようだ。

烏丸はメモ帳を取り出して、何かを書き込みながら広海に言う。

「あとは有馬ですが、身元が判明したばかりで調査は未着手です。彼については私が調べますので、保城がした過去の相談の調査はオニさんに任せていいでしょうか?」

「ああ、問題ない。すでにこれから向かうと大神には連絡を入れてある」

ちらりと腕時計を一瞥した広海は、僕に視線を向けた。

「ウツツ、一つ頼みがあるんだが〝安楽椅子探偵ゆえの過ち〟についての心当たりを優芽《ゆめ》に聞いてもらえないか?」

「お母さんに? なんで?」

広海は苦虫を嚙み潰したような顔をする。

「そういうのはあいつが一番詳しい」

「……いいけど」

僕の母親である菊理《くくり》優芽。現在は自分を〝三栖鳥《みすどり》〟という架空の人物であると思い込んでいる彼女は、実の兄である広海を敵視している。

なぜなら、自分が病院から出られないのは広海が原因だと考えているからだ。そして、事実としてその認識は正しい。別に広海がそれを望んでそうなったわけではないのだが、母が精神的に不安定な状況であることから、彼は弁解することもなく、母から距離を置いていた。

「このあと〝神の眼〟に行くんだったら、僕もついていっていいかな?」

「別に構わねぇが、まだ保城が誘拐犯だと決まったわけじゃない。誘拐犯は他にいて監視している可能性もある。目立った行動はするんじゃねぇぞ」

あの血塗れだった〝対話の間〟の現場検証も、警察の手が入ったことを誘拐犯に悟られぬように密やかに行われたと聞いていた。人命がかかっているのだから、慎重になって当然に思える。

「むしろ、僕がいた方がカモフラージュになるんじゃない? どう見ても刑事には見えないだろうし」

「それもそうだな」

僕は教祖の大神に理世のことをもっと詳しく聞いてみたかったのだ。

もし僕の想像が正しければ――

ふと、隣の席のアリスが僕をじっと見つめていることに気づいた。

僕は思わず目をそらしてしまう。

その真っ直ぐな眼差しに、こちらの思考を見透かされそうに思ったからだ。

どうするのが正しいのだろうか。

今はまだ、彼女に聞いて確かめる勇気が持てなかった。

※

平日の昼下がり。

「ああ、どうも、こんにちは」

教会前の花壇の前にしゃがんで手入れをしていた教祖の大神が、こちらの気配に気づいて振り返り、ゆっくりと立ち上がった。日よけ帽子、ポロシャツにジャージ。軍手をはめてジョウロを持つ姿は、新興宗教の教祖には全く見えない。

「どうも」

唇の端を釣り上げて、精いっぱいの愛想を浮かべた広海はスーツではなくアロハシャツ姿だ。そして、僕もアロハシャツを着ている。こちらに向かう前に、車に積んであったそれに着替えさせられたのである。目立った行動はするなと注意した広海が、バチバチに目立つアロハシャツをチョイスした真意はわからないが、僕たち二人は愉快なコンビになった。

「どうぞ、中へ」

ジョウロを地面に置いた大神は、教会の中へと僕たちを導く。一見、平静に見えるが、内心では誘拐された孫を心配しているに違いないだろう。それでも何事もなかったように見せるのが、自分にできることなのだと考えているのかもしれない。

受付には教導長の御子柴の姿があった。彼女は事務作業をしていたようだが、こちらに気づくと、すぐに受付から出てくる。

「お話は伺っておりますので、こちらへ」

彼女は僕たちを受付の中へと促した。

警察の現場検証の結果、眼球の像にかけられた血液と、庭に落ちていたペットボトルの残留物が完全に一致し、輸血用血液製剤であるとの確認もとれたそうだ。

つまり、前回の事件における御子柴の行動の裏付けが取れたということになる。しかしながら、大神がその件を不問としたので刑事事件にはならず、彼女が罪に問われることもなかったらしい。

「過去の相談内容は事務員が全てパソコンに入力して共有サーバーに保存するのですが、データの消失を防止するため、紙にも出力して資料室に保管しております。どちらをお調べになりますか？」

どうやら調査には御子柴が対応するようだ。

彼女が前回起こした事件は理世を助けるために行ったことであり、少なくとも誘拐犯ではないとの判断なのだろう。内部の情報に詳しい彼女の協力はかなり頼もしいはずだ。

広海はふむ、と考える。

「まずはパソコンの方でざっくり確認させてもらおうかな。紙より確認が楽そうだ。ウツツはどうする？　一緒に見るか？」

「いや、僕は大神さんに聞きたいことがあるから」

「事件に関わることか？」

「それはわからない」

「そうか。まぁ、用があったら声をかけてくれ。俺はこっちに掛かり切りになるからな」

「わかった」

御子柴が椅子に座り、デスクに置かれたノートパソコンを開く。広海は近くの椅子を彼女の傍に引き寄せて座り、そのディスプレイに視線を向けた。

僕は傍にいた大神に話しかける。

「ちょっと場所を変えて、話を伺っても構いませんか？」

すると彼は「ではこちらに」と快く応じて、受付の外へと僕を連れ出した。

右手の廊下を行った突き当りの部屋に案内される。

そこは小さな役員室のようだった。

キャビネットを背景に木目の執務用デスク、向かい合わせになったソファの応接セット。窓にはブラインドが掛けられ、その傍に観葉植物が置かれている。

それだけのシンプルな部屋だ。

「どうぞ」

ソファに座るように促されたので、僕はそれに従う。

大神は僕が座ったのを確認してから、向かい側のソファに腰かけた。

「それで聞きたいこととはなんでしょう」

「理世さんのことを詳しく聞きたくて。なぜ彼女は十年も〝啓示の間〟にこもって〝解き明かす者《アンサラー》〟をやっていたんですか？」

僕が知りたかったのは大神理世のことだった。彼女にはまだ謎が多い。

「どうして〝啓示の間〟から外に出たのか。何か手掛かりになるかもしれないと思って。話せる範囲のことでいいので」

その説明に大神は神妙な顔で「なるほど。わかりました」と頷いた。

「理世は私の娘の子供です。シングルマザーだった娘は、私たち夫婦と理世、その四人で暮らしていました。しかし、私の妻と娘が育児に関する些細な口論をして、娘は幼い理世を連れて出て行ってしまったのです」

過去を語る大神の目は優し気である。

「娘はしばらく行方知れずだったのですが、ある日、小学生になったばかりの理世を連れて帰ってきました。そして『この子には問題があるから私には育てられない』と言うのです。大変身勝手な娘でしたから、育児が面倒になったのだろうと私は考え、妻と相談して理世を引き取ることにしました。娘は事情もろくに話さずに、すぐにまたふらりとどこかへと行ってしまいました」

「その問題というのは？」

「理世は人とうまくコミュニケーションがとれず、すぐパニックを起こしてしまうのです。どうしてそうなってしまうのか、私たち夫婦が原因を探った結果、どうやら彼女には相手の心が読めるからなのではないかと気づきました」

「……相手の心が読める？」

急に話がオカルトめいてきた。

「ええ。相手が何を考えているのか、何をしようとしているのか。理世は先んじて言い当てることができたのです。色んな方法で試してみましたが、こちらの心が読めるとしか考えられず、これは超能力なのではないかと、私たち夫婦は本当に思いました」

超能力。その言葉を鵜呑みにしてしまいそうになるが大神は宗教家なのである。〝神の眼〟の神様である理世の神秘性を演出するため、誇張して言っている可能性があった。

「しかしながら、その能力は理世にとって、負担を強いるものでしかありませんでした。相手の思考と行動に相違がある、つまり〝嘘〟があると、パニックを起こしてしまうのです。さらには、こちらの心を見透かしたような言動や行動をとる理世を、周囲の人間たちはひどく気味悪がり、冷たく当たるようになりました。そのせいで、彼女はずっと社会になじめず、次第に外に出ることを嫌がるようになってしまったのです」

周囲とうまくやれないことで内にこもってしまうのは、僕にも経験があるのでよくわかる。たった一つの歯車が歪んだだけなのに、全体が動かなくなる。そうなると、自分の歪みを社会に合わせるか、あるいは、周囲の環境を歪んだ自分に合わせるかの選択を迫られることになるのだ。しかし、幼ければ幼いほど、どうしていいのかわからず、身動きがとれなくなってしまう。

「理世は学校に行かず、家の中で私の趣味の本を読んで過ごすようになりました。勉強は私が教えていたのですが、海外ミステリの原書を読むために独学で英語を習得するなど、知能に関してはかなり優れていて、全く手のかからない子でした」

大神の私室である〝啓示の間〟には、ミステリの本が大量にあったことを思い出す。理世は日々、あの本を読んで暮らしていたのだろう。

「そのうちに理世は〝謎解き〟に興味を持つようになりました。ミステリの犯人当ては勿論、インターネットを使って、未解決事件を調べ、その真相を私に披露する。そのようなことをやり出したのです。そして、彼女の〝謎〟にたいする考察力は神がかりといっていいほど鮮やかで、素晴らしいものでした。相手の心が読める力がうまく作用した結果かもしれない。彼女の能力をうまく活かす生き方はないものかと、私は考えました」

彼は穏やかに話を続ける。

「そんな折、理世のことを相談していた脳科学者の先生から、理世を無理に社会に出すのではなく、その特異な能力がもっとも発揮できるような環境を整えてやるのはどうかと勧められました。それを聞いたとき、思い浮かんだのが理世を中心とした宗教団体の構想です。世界は様々な謎に満ちています。謎であるがゆえに、苦しみ、思い悩む人がいる。理世の神がかった考察力は、そんな人々に救いを与えられるのではないかと」

不意に出てきた脳科学者というフレーズに、僕は驚く。

「……あの、もしかして、シラヤマ脳科学研究所ってご存知ですか？」

「ええ、知っています。先ほど言った脳科学者の先生というのが、そのシラヤマ脳研の菊理教授です。理世が普通の子供でないとわかり、医者に診せたところ、菊理教授の研究が理世の助けになるかもしれないと。ですので、シラヤマ脳研には理世をしばらくの間、通わせていました」

そこで大神は合点のいった顔になる。

「ああ、なるほど。あなたは菊理教授の？」

「はい。息子です」

脳科学者だった僕の父、菊理実《みのる》。まさかの接点だった。

「父はどんな研究を？」

「私の知っている限りでは〝未来視〟や〝予知〟の研究だったと記憶しています。説明はして頂いたのですが、難しい研究で、私がきちんと理解できているとは。ただ、そんな超自然的な能力の研究ではありましたが、実際は、もう少し地に足のついたものでした」

「地に足がついた？」

「ええ、菊理教授は〝計算が予知を可能にする〟とおっしゃっていました。私が聞いたのは大砲のたとえ話だったのですが、お聞きになりましたか？」

僕は首を横に振る。

「それでは、お話し致しましょうか」

大神は居住まいを正して話し始めた。

「大砲は狙ったところに撃てます。それはなぜか。大砲を撃ったとき、その弾がいつどこに落ちるのかを、砲身の角度、火薬の量、距離といった情報から計算することが可能だからです。全く同じ条件で大砲を撃てば、必ず同じ結果が生まれる。それはこの世界の物理法則が有効な限り絶対です」

彼はわかりやすいように、身振り手振りを交えて説明してくれている。

「では、その大砲の着弾地点に人がいるとします。その人物の元にある男がやってきて『お前は三分後に死ぬだろう』と予言した後、手をあげました。三分後、死を告げられた人の上に大砲の弾が飛んできて彼は死にました。理由は簡単です。男が手をあげたのを遠くで確認した人が大砲を撃ったからです。別に男が超能力で予知したわけではありません。しかし、その男の予言が当たったことは間違いありません」

「確かに、予言は当たってますね」

大砲の存在を知らないまま、その砲弾で死んでしまった人物にとっては、超自然的な予言が当たったとしか考えられないだろう。

「ええ。男が死を予言できたのは、大砲の弾がいつどこに落ちるのか、計算ができたからです。計算から導き出された結果が、未来予知を実現した。もちろん、大砲を撃った砲撃手にも着弾地点にいる人物が死ぬことはわかっていたでしょう。つまり、情報を得て計算ができれば結果がわかる。それも〝未来視〟であり〝予知〟なのだと菊理教授はおっしゃったのです」

大神が地に足のついた研究だと表現したのがわかった気がした。

それは数学や物理学の分野の研究に思える。

「超能力を科学する。そんな感じですか？」

「私もそう理解しました。そして、教授は、そのような考えにたてば、理世の相手の心が読める力も、説明がつけられるかもしれないと。相手の表情や仕草、これまでの行動、人間の習性の統計、そういった情報から推理という計算をすることで、その人の次の行動や発言がわかる。つまり、心が読める。理世は常人離れした鋭い洞察力、感応力を持っているからこそ、それが可能になった。しかし、感覚が鋭敏過ぎるせいで、人とのコミュニケーションがうまくとれなくなってしまった。そう説明されて、私は理世のことが少し理解できた気がしました」

理屈が通った説明であるように思う。大神が納得したのも頷けた。

「理世さんはどのくらい通っていたんですか？」

「小学校に通いながら一年くらいでしょうか。菊理教授の研究に協力する形で相談にのって頂きました。その結果、私は理世には理世の生き方があると考えられるようになり、この教団の設立をするに至ったのです。そのうちに登校をやめ、シラヤマ脳研に行くこともなくなりました」

信者との対話で謎を解く神様〝解き明かす者《アンサラー》〟になることが、理世の生き方だったということだろう。それが神様を演じることだったとしても、間違いではないように思えた。

「理世はこの教団ができてから〝啓示の間〟から外に出ることなく、信者の皆様と〝神託の儀〟を行っていました。しかし、それは私の強制ではありません。〝解き明かす者《アンサラー》〟として生きることは彼女が望んだことです」

それが、なぜ大神理世は十年も〝啓示の間〟にこもって〝解き明かす者《アンサラー》〟をやっていたのか、という問いの答えだった。

大神はふと何かを思い出した様子で僕に聞く。

「そう言えば、シラヤマ脳研には、理世のような子供たちが他にもいたのを憶えています。菊理教授は〝小さな名探偵たち〟と呼んでいましたが。もしかして、あの中にあなたも？」

「いえ、僕は……」

僕には超能力などない。父から〝小さな名探偵〟と呼ばれたこともなかった。

言葉に詰まってしまった僕に、大神が声をかける。

「菊理教授はお亡くなりになったと聞きました。大変残念です」

そう、父はすでに死んでいる。だから、僕は父のことが知りたかったのだ。

「……理世のことで伝えられることは大体話しましたが、他にも何か、お聞きになりたいことはありますか？」

どれくらい黙ってしまっていたのだろう。物思いに耽っていた僕は顔をあげた。

「あ、いえ、今のところは大丈夫です」

僕は立ち上がってお礼を言う。

偶然が幾重にも重なることを、必然と呼ぶのではないだろうか。

思った以上の成果に心臓が早鐘を打っていた。

※

広海に母の元へと向かうことを告げてから教会を出た。

用件は〝安楽椅子探偵ゆえの過ち〟とは何かを聞くためである。その後、僕の自宅で、それぞれの調査を終えた広海たちと再び集まることになっていた。


「今日は何の話をする？」

病室に入ると、ベッドにいた三栖鳥がいつものようにそう尋ねてきた。

「ここはひどく退屈でね」

僕は病室に入る度、今日は違う言葉で迎えてくれるのではないかと期待する。

もし違えば、そこにいるのは三栖鳥ではない。

しかしながら、その言葉が変わったことは今まで一度もなかった。

「今日は聞きたいことがあるんだ」

僕はベッドの脇に置かれた丸椅子に座る。

「〝安楽椅子探偵ゆえの過ち〟についてなんだけど。そう聞いて、何か思い当たることがある？」

「安楽椅子探偵の過ちについて思い当たること」

三栖鳥は疑り深い目で僕を見つめて繰り返す。

「私は安楽椅子探偵が嫌いだ」

「どうして？」

意外な発言だった。

三栖鳥が自身の好き嫌いについて、はっきりと明言するのは珍しい。

「引きこもりが名探偵を気取っているだけだから」

僕は思わず吹き出してしまった。彼女がそこまで辛辣なのも珍しい。

「でも、安楽椅子探偵だって立派な名探偵だよね？」

三栖鳥は知らないが、引きこもりながら十年にもわたって、謎を解き明かしてきた名探偵だって存在するのだ。

「どうかな。人から聞いた話だけで行った推理が、必ず真実に辿り着くとは私には思えない。かの有名なシャーロック・ホームズですら、現場へと調査に足を運び、自身の目と耳で警察の見逃した証拠を発見し、頭脳を働かせて謎を解く。だからこそ、彼は名探偵でいられる。安楽椅子でふんぞり返って、現場へと調査に行かないホームズなんて、幻想におぼれたコカイン中毒者に過ぎないよ」

どうやら、相当嫌ってそうだ。

「安楽椅子探偵は名探偵ではないってこと？」

三栖鳥は少し考えてから、口を開く。

「胸を刺された男が死んだ。死体の傍らに落ちていた血塗れのナイフには男の娘《むすめ》の指紋がべったりとついていた。男の妻が、娘は結婚を反対されて夫を恨んでいたと証言した。現場に偶然居合わせた人物が男の部屋に娘が入っていく姿を見たと言った。しかし、娘は自分が犯人ではないと言っている。さて、論理的に考えて、犯人は誰か？」

「論理的に考えたら……娘かな」

「なぜそう思う？」

「指紋がべったりとついた凶器があって、犯行動機があって、第三者の目撃証言も揃っているから」

「そうだね。それが妥当な推理だ。安楽椅子探偵もそう推理するだろう。むしろ、そう推理しなくてはならない。なぜなら、娘以外が犯人であると論理的に説明できるような情報が他にないからだ。あまりに捻りがなさ過ぎて娘が犯人ではないと疑いたくなるが、他の人を犯人にするには証拠がなくて無理がある」

「ミステリだと読者の反感を買うかもしれない」

彼女は頷いた。

「でも、真実は違う。男は自殺だ。自分の胸にナイフを突き立てて死んだ」

「ぇぇ？」

「娘を犯人に仕立て上げたのは男の妻だ。男が自殺すると保険金がおりない。だから、殺されていることにしたかった。男の胸からナイフを抜き、娘が使用したナイフを持ってきて血を塗りたくって死体の傍に落とした。偶然居合わせた人物の目撃証言だが、娘と妻の服装が似ていたから見間違えただけだ」

「その真相はなんだかズルい気がする」

「与えられた情報のみでは、導き出せない推理だからアンフェアに思えて当然だろう。だが、人はたやすく嘘を吐くし、記憶は不確かなものだ。そんな不安定な情報である話を足場にした推理なんて簡単にひっくり返る。人の話はあてにならないんだ。現場に行って、妻が多額の保険金を受け取ることになっている書類、妻と娘の服装がそっくりであること、何かしらの証拠を見つけられていれば、真実には辿り着けたかもしれないけれどね」

確かにその通りかもしれない。人は自分自身のことを悪く言わないし、都合のいいように記憶を改竄するものだ。だから、その話が正しいのかどうかは、その人の話だけでは確かめられない。

三栖鳥は指を組んで言う。

「〝安楽椅子探偵ゆえの過ち〟というのは、与えられた情報の不確かさから引き起こされた推理ミスのことだろう。渡された情報だけでせっせと組み立てた推理も、勘違いや嘘があった、それだけで崩れ去ってしまう。安楽椅子探偵が事件を解決するには、全ての情報が揃った上で、それらが絶対に正確であることが求められる」

確たる証拠の不存在。

相談者との対話だけで、謎を解く〝解き明かす者《アンサラー》〟の弱点はそれに違いなかった。

そう聞くと、実体を持たない不実在探偵であるアリスも、安楽椅子探偵に近い存在であるように思えた。ただ、事件とは直接的には無関係である広海や烏丸や僕が現場検証などから証拠を集めた上で彼女は推理をしている。当事者ではない僕たちが彼女の手足となって調査をすることで、情報の嘘や不確かさを排除するからこそ、成立している名探偵なのかもしれない。

「なるほど……安楽椅子探偵の推理はひどく危ういってことか」

そのことを踏まえると、理世は保城に安楽椅子探偵ゆえの推理ミスを指摘され、それを確かめるために〝啓示の間〟を出て行った可能性はありそうだ。

「名探偵になりたければ外に出ることだ。籠の中の鳥が語る世界を信じるな」

自嘲しているのかと思ったが、三栖鳥の顔を見るとそんなふうでもなく、彼女は微笑していた。

「ありがとう。助かったよ」

「こちらこそ。今日も退屈せずに済んだ」

しばらく雑談をして、病室を出ようとした僕に三栖鳥が言う。

「そのアロハシャツ、加齢臭がするから脱いだ方がいい」

僕は思わずシャツの肩口を嗅いだが、洗濯したばかりの服の匂いがした。

籠の中からでも世界のことがわかる鳥も、世の中にはいるのだ。

「与えられた情報の不確かさから引き起こされた推理ミス。それが〝安楽椅子探偵ゆえの過ち〟か」

※

僕から話を聞いた広海は、今朝と変わらぬ曇った顔で腕組みをしている。

場所は僕の自宅のダイニングキッチン。そこに広海、烏丸、僕がそれぞれの調査の成果を持ち帰って集合していた。夕食にはまだ早い時間だが、広海がコンビニで弁当を買ってきたので、三人で食べ終わったところである。

そろそろ不実在探偵の出番だろうと、僕はダイニングテーブルの上に置いてあった黒い箱の蓋を開けた。すると、白いワンピース姿のアリスがどこからともなく颯爽とやってきて、僕の隣の席に優雅に腰かけた。実体のない彼女は物を動かすことができないため、僕があらかじめ椅子を引いておいたのだ。

アリスはまるで広海をからかうように、その仕草を真似して腕組みをする。

お茶目な仕草に思ったが、僕の妄想に過ぎない。

「それでオニさん、保城が〝安楽椅子探偵ゆえの過ち〟と指摘しそうな相談は見つかったんですか？」

烏丸は僕がいれた温かいハーブティーに口をつけてから聞く。

「ああ、保城は刑事の時、自分が関わった事件の謎を何件か〝解き明かす者《アンサラー》〟に相談して解いてもらっていたようだ。その中でも俺は、奴が刑事を辞めたきっかけになった五年前の事件が怪しいと睨んでいる」

「どんな事件なんです？」

「当時十八歳で高校生だった保城の息子、大地《だいち》が殺人の容疑をかけられた事件だ。身内であることを理由に保城は捜査から外されている。まぁ、そりゃ当然だが、問題は逮捕された大地が警察署の留置所で自殺したことだ。被疑者死亡、他に誰も検挙されず、捜査は打ち切られた。保城はそれが気に入らなかったんだろう。息子が本当に犯人だったのか〝解き明かす者《アンサラー》〟に相談した記録が残っていた。ただ、どんな対話が行われたのかまでは不明だ」

息子が殺人犯に疑われたままで捜査が打ち切られるのは、納得がいかないだろう。

ただでさえ保城は刑事だ。捜査に関われないばかりではなく、自身の所属する組織の失態に、大きな憤懣を抱いたことは容易に想像できる。

「完全な警察の失態ですね。本当に保城大地が犯人だったんでしょうか」

「保城の書いた相談内容を読んだ限りでは、俺でもほぼ犯人《クロ》だと考える。おそらく〝解き明かす者《アンサラー》〟もそう推理したんじゃねぇかな」

その推理が間違っていれば〝安楽椅子探偵ゆえの過ち〟にはなるかもしれない。

「事件の被害者は瀬川里美《せがわさとみ》、大地の同級生だ。放課後、高校の校舎三階の階段から大地が瀬川を突き落とした。その瞬間を一人の生徒が目撃、さらには、大地が現場から逃げ去る姿も複数の生徒が目撃した。瀬川はすぐに病院に運ばれたが死亡。死因は頭部外傷によるもの。相当激しく突き飛ばされたのか、打ち所が悪かったらしい」

複数の目撃があるなら、証言の信憑性は高く思える。

「通報を受けた警察が学校周辺を捜索したところ、河原にいた大地を発見。警察官が声をかけたところ、大地は逃走を試みて捕まり、署で事情聴取を受けた。犯行は否認。だが、警察は逮捕に踏み切った。その後、瀬川の死を知らされた大地は、その夜に留置所で自殺した」

凶器の存在しない犯行なので、他に物証と呼べるものはなさそうだ。

「大地の死因は窒息死。服の袖を喉の奥に無理やり詰め込んでの自殺だった。吐き出そうとするのを堪えるために指で強く押し込んでいたらしい。だから、遺体が発見されたとき、右手の指を咥えてたそうだ」

とても苦しい死に方に思えた。そのような自殺方法はなかなか実行できるものではないだろう。相当な罪悪感を覚えていたのだろうか。その行動から大地が強い責任感の持ち主だったであろうことが窺える。

「俺が調べたのはこれくらいだな。保城に埋められた有馬翔の方はどうだ？」

「彼は保城の息子の同級生です。大地と同じ高校でクラスメート。有馬の過去はまだその程度しか調べられてないんですが、別件で気になることがあります」

烏丸が胸ポケットから手帳を取り出して開く。

「二ヵ月前、有馬の交際相手だった三十歳の女性、フリーターの鳥羽《とば》彩子《あやこ》がアパートの外階段で足を踏み外して落下、死亡しています。死因は頭部外傷、瀬川と同じで打ち所が悪かったということでしょう。鳥羽は妊娠三ヵ月でしたが、母子ともに亡くなりました。有馬はその子供が自分の子供であると認めています」

「理世がいなくなったのは一ヵ月前だから、鳥羽の事件の方が先だな」

「はい。事件当日、有馬と鳥羽は、鳥羽の借りているアパートの部屋で一緒にお酒を飲んでいたそうです。そのうちに、コンビニに買い物に行くと出て行った鳥羽の悲鳴が聞こえたので有馬が慌てて駆けつけたところ、彼女が階段下で倒れているのを発見しました。その後、他の部屋の住民も悲鳴を聞きつけてやってきて、有馬が鳥羽を介抱している姿を目撃しています。有馬が言うには、そのとき鳥羽はかなり酔っており、夜だったこともあって足を踏み外したのではないかと。検査で鳥羽と有馬の体内からは、かなりの量のアルコールが検出されています」

「妊婦が酒か……普通は控えるもんだが、三ヵ月なら妊娠したことに気づいてない可能性もあるのか」

「部屋に有馬を残して、一人でコンビニに買い物に行くというのも少し変ですね」

　烏丸は手帳のページをめくる。

「次に捜査ですが、有馬が複数の女性と交際していたことから、鳥羽殺害の容疑がかけられました。近隣住民によると、有馬と鳥羽が言い争う声が最近頻繁に聞こえていたとの証言もあります。ですが、本件は物証がなく、目撃者もおらず、有馬が犯人であるとの決め手に欠けたため、事故として処理されました」

五年前の瀬川と二ヵ月前の鳥羽が同じ転落死なのは偶然なのだろうか。

「また、鳥羽の事件発生後から、保城が有馬に対する身辺調査を行っていたことがわかっています。職場の人間やかつての同級生、近隣住民への聞き込みが、かなり執拗だったようで苦情が寄せられており、警察官が彼の自宅を訪ねて厳重注意しました。ですがその効果はなく、調査はつい先日までずっと続いていたようですね。保城と有馬の接点ですが、息子のクラスメートである以外、他には見つかっていません。私からは以上です」

「まだ情報が足りねぇな。なんで保城は有馬に目を付けたんだ？」

広海は額に手をやって、頭を悩ませている。

「ウツツ君、ここまでの情報が出ても、アリスちゃんにはまだ謎が解けませんか？」

ダイスの目を確認した。

アリスが首を傾げる。

「まだダメみたい」

「……よし。じゃあ、五年前の事件を担当した刑事に話を聞いてみるか。ちょっと待ってろ」

広海は立ち上がると、携帯電話を取り出しながらリビングの方へと離れていった。

烏丸と二人になり、どうやって場を繋ごうかと僕が考えていると、彼女の方から話しかけてくる。

「ここ、タワマンですけど、ウツツ君はご家族と住まわれているんですか？」

「母と二人で暮らしてますが、入院中なので今は一人です」

どうやら彼女は僕の両親のことを知らないらしい。推理小説愛好家《ミステリマニア》の烏丸に、母がそこそこ有名な推理小説家であることを告げたら、どんな反応をするだろうか。

「人生で一度は、こんなドラマに出てくるような部屋に住んでみたいなって思うんですけど、職業柄、家なんてただ帰って寝るところなだけでしかなくて。きっと、家賃も手が出ませんし。夢のまた夢だなぁって」

烏丸はしげしげと部屋を見回している。母はミニマリストの気配があるので、家の中には必要最低限のものしかなく、その分スッキリとして広く見えるかもしれない。

「烏丸さんって推理小説が好きなんですよね？　僕もよく読むんですけど、最近のおススメってあります？」

「お？　その話は長くなりますよ」

瞳を輝かせた烏丸としばらくミステリ談義に興じていると、広海が戻ってきた。

彼は椅子にドカッと腰かけると、おもむろに話し始める。

「どうやら瀬川里美の殺害については、保城大地の自白が取れていたらしい。事情聴取を担当した刑事に瀬川の死を告げられたとき、大地は大人しく罪を認めたそうだ。恋人に裏切られたから突き飛ばしてしまった。殺すつもりはなかった。この罪は償いたい。だが、父はこんな自分を絶対に許さないだろう。父子家庭で、男手一つで育てられた大地は父親とは仲が良く、尊敬もしている。そんな父は刑事。本意ではなかったとはいえ、人を殺してしまった自分は父に顔向けができない。涙を流しながらそう語ったんだと」

烏丸は納得した顔で言う。

「つまり、大地は己の罪を悔いて自殺した？」

「おそらくな。その自白も裏が取れたことから、信憑性は高いと考えられていた。だが、聴取を担当した刑事はそのことを、捜査から外されていた保城に伝えなかったんだ。事件としちゃ、被疑者死亡で大地は推定無罪だ。犯人として扱われることはない。それなら、大地が自白した事実を、保城に知らせたところで、彼を苦しめるだけ。大地の犯行かどうかはわからなかった、としておいた方が保城の救いになるんじゃないか。そんな上との話し合いがあって、大地の自白が取れていたことは公にしないことに決まり、隠された。その話を俺に話すのも渋々で、保城には絶対に知らせるな、だとさ」

「保城にとっては、結局、警察の失態によって息子は死に、事件の真相は明らかにならなかった。警察への不信感から刑事を続けられないのもわかります。それで真相を知るために〝解き明かす者《アンサラー》〟に相談したんですね？」

保城を苦しめないようになされた配慮が裏目に出てしまったということだろう。疑われた息子の潔白が明らかにならなかったことが、逆に彼を苦しめたのだ。

「ああ、自分なりに調査した結果を〝解き明かす者《アンサラー》〟に持っていった。その内容は俺がすでに確認済みで、さっき話した通りだ。そして、おそらくだが〝解き明かす者《アンサラー》〟は大地が犯人だと推理したんだろう。自白があったという情報がなくても、大地が犯人であることは十分に推理できるからな。もし、そこで〝解き明かす者《アンサラー》〟が有馬翔を犯人だと推理していたのなら、保城は五年も大人しくしていなかったはずだ」

「どうしてそこで、有馬が犯人だと疑われるんです？」

「校舎三階の階段から大地が瀬川を突き落とした瞬間を目撃した一人の生徒、それが有馬なんだよ」

事件が起きたときの目撃証言。

他に物証のない五年前の事件で最も重要な証拠はそれに違いなかった。

「自白の事実がない状況であれば、有馬の証言が大地の犯行を裏付ける確証になる。他の生徒は大地の逃げ去る姿しか見ていない。だが、もしその有馬の証言が嘘だったとしたら？　それに、大地に階段から突き落とされた瀬川は妊娠していたそうだ」

烏丸はふむ、と声を漏らして考える。

「では、保城の行動をまとめてみますね。五年前、大地が犯人であるという〝解き明かす者《アンサラー》〟の推理を保城は受け入れた。それによって、瀬川の事件は大地が犯人であることが確定。しかし、それでも彼は有馬が嘘を吐いて大地を陥れた犯人なのではないかとの疑念を持ち続けていた。そして、二ヵ月前、有馬の恋人である鳥羽彩子が階段から落ちて死亡する事件が発生した。五年前の瀬川の事件と二ヵ月前の鳥羽の事件は、有馬の近くで妊娠した女性が階段から落ちて死亡した、という共通点があります。そこで、保城は両方の事件の犯人が有馬であると確信して身辺調査を行い〝解き明かす者《アンサラー》〟に〝安楽椅子探偵ゆえの過ちを問う〟との相談を寄せた。つまり、五年前の〝解き明かす者《アンサラー》〟による、保城大地が犯人だったという推理が間違いである可能性を指摘した、ということでしょうか」

　僕は三栖鳥の言葉を思い出す。

『人はたやすく嘘を吐くし、記憶は不確かなものだ。そんな不安定な情報である話を足場にした推理なんて簡単にひっくり返る』

　ふと、こちらをじっと見つめるアリスの視線に気づいた。

　黒い箱の中のダイスの目を確認して、僕は言う。

「謎が解けました」

　広海は難しい顔で息を吐く。一安心ではあるが、謎解きはこれからなのだ。

「今回の謎は、**謎解きの神様を誘拐した元刑事が男を殺害して土の中に埋め、なぜ『確かめてくれ』と言ったのか**、だ。だから、俺たちは保城が何をやったのかを確かめる。それが、理世の行方、足取りを摑むことにもつながるだろう。できるのか？　不実在探偵」

　決め顔をしたアリスは僕に向かって、親指を立てた。


「〝1〟《まかせろ》って言ってます」


　そこで僕は一抹の不安を覚えた。

　この事件で問われている〝安楽椅子探偵ゆえの過ち〟。それは与えられた情報の不確かさから引き起こされた推理ミスのことだ。実体を持たないアリスは、僕や広海たちが集めた情報を基に推理をする安楽椅子探偵だとも言える。であるのならば、僕たちが集めた情報に不確かさがあれば、彼女もその推理を間違える可能性があるはずだ。

しかしながら、箱の中の不実在探偵《アリス・シュレディンガー》は名探偵である。

彼女の名推理なしに、この事件の謎は解かれないだろう。

名探偵を名探偵たらしめるものは何か。

それは、真実を明らかにできる者であること。

だが、アリスが不実在探偵である限り〝安楽椅子探偵ゆえの過ち〟は問われ続ける運命にある。推理を違える可能性を彼女は常に内包し続けてしまう。

アリスの推理はこれまで真実を明らかにしてきたが、彼女が腰かける透明な安楽椅子は、実体を持たないがゆえに儚く脆いのだ。

それでも、僕たちは謎に挑んで、アリスが至った推理を明らかにしなくてはならない。

話せない彼女の代わりに声を発して、その推理をこの世界に具現化させる。

そして、その推理が真実であると証明する。

それができてこそ、箱の中の不実在探偵《アリス・シュレディンガー》は名探偵でいられる。

なぜなのだろうか。

僕の中に、箱の中の不実在探偵は名探偵でなくてはならない、という不思議な感覚が確固としてあるのだ。無論、僕は彼女のことを信じている。けれど、その存在が〝不確かである〟という事実が、僕の心に僅かな不安の影を落とすのである。

※

「まずは、確認からだ」

広海が咳ばらいをして、小さく手をあげる。

「五年前の事件、瀬川里美を突き飛ばして死なせたのは保城大地か？」

「ハイ」

ダイスの目を確認して答える僕の隣で、アリスが頷く。その事件に物証はないが、複数の目撃証言、それから本人の自白にも裏付けがとれていることから、大地が犯人であると判断したようだ。

「二ヵ月前の事件、鳥羽彩子を突き飛ばして死なせたのは有馬翔か？」

「ワカラナイ」

その事件に関しては物証もないし、目撃者もいないのでそうなるだろう。

「有馬翔を殺害したのは保城康平だな？」

「ハイ」

保城の所有する車から、彼の指紋と有馬の血液が付着した凶器のシャベルが、工具やロープと共に見つかっている。それらは確かな物証だと言える。

「その殺害に大神理世は直接関与しているか？」

「ワカラナイ」

広海は共犯を疑ったようだが、理世が誘拐されてからの消息は不明なままだ。

そこで広海は手を下ろして続ける。

「瀬川を殺害した大地は犯行動機について、恋人に裏切られたからと言っている。おそらく、恋人である瀬川に裏切られたから、階段から突き落としたってことだろう。その恋人の裏切りとは何か。これは俺の勝手な想像だが、瀬川の腹の中にいたのは大地の子供じゃなかった。つまり、恋人の裏切りとは、大地にとって全く身に覚えのない恋人の妊娠のことだったんじゃねぇかな」

その推理が正しいかどうかは、五年も前の過去の出来事であり、確かめようもない。

だが、今のところ、大地の言う恋人の裏切りが何であるかがわかる証拠はないのだ。そこは推測するしかないだろう。

「なるほど……オニさんは瀬川里美のお腹の中にいたのが、有馬翔の子供だったんじゃないかって疑ってるんですね」

烏丸は合点がいったように頷く。

「いや、俺じゃなくて、保城がそう疑ったんじゃないかって話さ。奴は瀬川の殺害が有馬によるものだと考えていたはずだ。もしそうなら、有馬の犯行動機として考えられるものは何か。関係を持った相手の妊娠を望まなかった有馬が殺した。瀬川も、そして、恋人の鳥羽も」

謎が解けたとアリスが判断したのは、瀬川の妊娠が分かったときだった。だから、それには重要な意味があることは確かだ。

「それなら、瀬川里美の方は殺す気まではなかったかもしれません。堕胎させようと突き落とした可能性も……あれ、ちょっと待ってください」

そこで、烏丸が首を捻る。

「アリスちゃんは、瀬川里美殺害の犯人は保城大地だと言っています。それが間違っていなければ、有馬翔は無実なのでは？」

「保城にそれがわかっていたのなら、有馬を殺す理由がない。だが、実際には保城は有馬を殺した。事実はどうであれ、奴は有馬が犯人だったと考えたから実行したってことだろ？」

「それは、まぁ、確かに、保城には有馬を殺害する動機が何かあるはずですね」

「動機はおそらく復讐だろう。その証拠が有馬の口の中に入っていた小指だよ。あの小指には意味がある」

広海が言っているのは、切断されて遺体の口の中に入れられていた有馬の右手の小指のことだろう。指が切断されたのが生前か死後かは明らかになっていない。

「服の袖を喉の奥に押し込み続けて自殺した大地の遺体は、右手の指を咥えていた。だから、保城は有馬にも指を咥えさせたんだ。死に様を真似たのは、無実の罪を着せられた息子の復讐だったからだ」

しかし、烏丸はその推理には不服そうだ。

「喉の奥に服の袖を押し込むなら、人差し指か中指、使っても薬指までじゃないでしょうか。遺体の口の中に入れられていたのは小指だけです。保城大地の死に様になぞらえるなら、咥えていた指と同じ数だけ、切り落として放り込むんじゃありませんか?」

彼女の言い分ももっともだと僕は思ったので、試しに自分の口に指を突っ込んでみた。

親指だけでも喉の奥には押し込めるだろう。一番強く押し込めそうなのは、人差し指、中指、薬指の三本揃えての状態だ。顎を親指と小指で押さえられるため、がっちり固定できる。一方、小指だけで押し込むのは力が入れ難く、何かそうする意味がない限り、不自然に思えた。

「……確かにな。違うかもしれん」

僕と同じように試していた広海も、同じ意見に至ったらしい。

「一応、不実在探偵に確認しておくか。有馬の口の中に入れられていた小指は、復讐を意味するものか?」

「それには答えられないみたい」

アリスは難しい顔で黙っている。

「復讐の意味もあるが、他の意味もある。そういうことか?」

「ハイ」

切断された小指の他の意味とは何だろう。

自分の立てた小指をじっと見つめていた烏丸が「あ！」と声をあげた。

「オニさん、これ、指切りげんまんじゃないですか？」

「指切りげんまんってあれか。嘘吐いたら針千本飲ますっていう。だが、有馬が口の中に放り込まれたのは針じゃなくて、自分の小指だぞ」

「そうじゃなくて、指切りですよ。小指と小指をひっかけて約束をする。有馬は約束を破ったから小指を切られたんです」

「どんな約束だ？」

彼女は少し考え込んでから言う。

「ひょっとすると、ボーイズラブだったのかもしれません」

「はぁ？　何言ってんだ、お前」

そう口にしたのは広海だが、僕も同感だった。

「大地の恋人が瀬川だというのが勝手な思い込みだったんです。実は、大地の恋人は同性の有馬の方で、二人は将来を誓い合った仲だった。大地が瀬川を階段から突き落としたのは、有馬の浮気相手だったから。恋人に裏切られた嫉妬でやってしまった。だから大地は言ったんです。『父はこんな自分を絶対に許さないだろう』と。こんな自分とは同性の有馬と恋愛をしている自分のこと。自殺は罪を犯したことだけでなく、そんな悩みからでもあった」

烏丸の口から、推理がスラスラと披露される。

「保城は調査でそのことに気づいてしまった。違う、有馬は大地と将来を誓いあっていたはずだ。有馬は異性に手を出した上にその人物を殺害した。そして、五年後です。有馬は異性に手を出した上にその人物を殺害した。これが犯行動機となった。切断した小指を有馬の口に入れたのは、復讐、それから、約束を破った指切りの意味が込められていたんです」

最初は何を言い出したのかと困惑したが、確かに筋は通っている。型にとらわれてそんな発想に全く思い至らなかった僕は、彼女の推理に感心した。


「イイエ」

しかし、そんな推理をアリスが否定する。

「アリスちゃん、私、まだ手をあげていませんが」

「イイエ」

ダメ押しの返事だ。

「イイエなんですね？　わかりました。イイエで結構です」

烏丸に冷ややかな視線を向けられるが、僕はダイスが変化したので、返事を口にしただけである。恨まれるのはお門違いだ。情けない顔になってるだろう僕をアリスがクスッと笑ったように見えた。誰のせいでこうなった。

「悪くない推理だったが、大地と有馬が恋愛関係だったたって情報《ネタ》はねぇし、肝心の約束である将来を誓い合ったたってところも根拠がねぇな」

広海は肩を竦める。

「さらに、それだと保城が〝解き明かす者《アンサラー》〟に〝安楽椅子探偵ゆえの過ちを問う〟と相談を寄せた意味が通らなくなる。もし、お前の推理通りなら、五年前の事件は大地の問題、有馬の問題、ひいては、保城自身の問題であり〝解き明かす者《アンサラー》〟が非難されるようなことはないだろう」

「……確かに、私の推理だと〝安楽椅子探偵ゆえの過ち〟は発生しませんね」

そのように論理的に否定されれば、烏丸だって受け入れられるのだ。不実在探偵の返事を、そのまま伝えることしかできない僕は今さらながらに申し訳なく思った。

「そもそも、保城はどんな意思を持って〝安楽椅子探偵ゆえの過ちを問う〟と相談を寄せたんだろうな。言葉通りの意味だと捉えるなら、五年前の事件の推理ミスの責任を取らせようって魂胆に思える。推理ミスが何だったかはさておき、保城は殺すために〝解き明かす者《アンサラー》〟である理世を誘拐したってことに間違いはなさそうだが」

「それは違うと思う」

僕は思わず否定してしまった。

「彼女は人の心が読めるんだ。だから、殺されるとわかっていて外には出ない」

「人の心が読める？　何の話だ？」

そう言えば、広海たちには大神の話を伝えていなかった。

「理世さんは相手の心が読めるんだって大神さんから聞いたんだよ。そのせいで他者とうまくコミュニケーションがとれなくなって、彼女は引きこもるようになった」

「本当に人の心が読めるんなら、そうだろうな」

広海は、まるで信じていない口振りだ。

難しい顔で頭を悩ませていた烏丸が手をあげる。

「保城は、五年前の事件の犯人が保城大地であるとした〝解き明かす者《アンサラー》〟の推理が、推理ミスではないかと疑っていましたか？」


「ハイ」


そう考えれば〝安楽椅子探偵ゆえの過ちを問う〟保城の行動として矛盾がないのだ。

彼が知りたいのは、保城大地が犯人であるか否か。その真実だろう。

その返答で烏丸は合点がいったようだ。

「だったら〝解き明かす者《アンサラー》〟としての推理ミスの責任を理世さんが取らされて、保城に殺されるのは、保城大地が犯人ではなかったことが判明したときですよね？　その確証が得られなければ、推理ミスは成立しませんから」

広海はそれに頷く。

「ああ、性根は腐っても保城は元刑事だ。疑わしいだけで人を罰することはないだろう。有馬の身辺調査をしつこくやって犯人である確証を得ようとしてるのがその証拠だ。殺すにしてもそうするだけの確証があってのことに違いない」

「だとするとですよ？　保城が理世さんを誘拐してから有馬を殺害するまで、どうして一ヵ月もかかったんでしょうか。彼女が推理ミスをしたと確定するのはつまり、有馬が犯人だったと確定したときでもあるので、二人が殺されるタイミングは同じはずです。しかし、有馬の殺害は誘拐から一ヵ月も経ってから。であればその間、理世さんを生かしていたってことになりませんか？　もし、警察に誘拐が発覚して捕まれば、有馬の調査ができなくなり、自分の知りたい真実には手が届かなくなる。すぐに殺害しない誘拐なんてリスクでしかないんですよ」

彼女の疑問はもっともだ。

理世の推理ミスに確証があったのなら、有馬共々一ヵ月前に殺害されているはずなのだ。しかし、保城は理世を誘拐した後も、有馬の調査を継続している。それはつまり、一ヵ月前の時点では、理世の推理ミスに確証がなかったことに他ならない。

「いや〝神託の儀〟は一週間に一回だ。誘拐するチャンスは限られる。だから、キープしてたんじゃねぇか？　有馬が犯人だとわかったらすぐに殺せるように」

しかし、烏丸は納得いかない様子で首を捻っている。

「もし、殺害目的の誘拐じゃないとしたら、なんで理世が誘拐されたとお前は考えてるんだ？」

彼女は目をパチクリと瞬かせて言う。

「誘拐じゃなくて、一緒に調査してたんじゃないですかね」

「一緒に調査だと？」

「ええ、保城は〝安楽椅子探偵ゆえの過ちを問う〟と理世さんに相談を持ちかけました。なぜ、そんなふうな表現になったのか。それは、有馬の証言が嘘だった可能性、つまり、五年前の事件の相談で自分の出した情報に誤りがあった可能性に気づいたからでしょう。情報が正しくなければ、安楽椅子探偵の推理ミスが発生する。それが〝安楽椅子探偵ゆえの過ち〟ですよね」

「ああ、そうだな」

「きっと保城はオニさんに言ったことを、理世さんにも言ったんです」

「どういうことだ？」

「つまり『確かめてくれ』と。推理を間違えたのかどうか、自分で確かめろって。理世さんは保城の指摘によって安楽椅子探偵の危うさに気づかされた。だから、彼女は自分の意思で外に出て、安楽椅子探偵であることをやめた。保城と一緒に事件を調査するために。それなら――」

そこで烏丸はピシッと右手をあげた。

「アリスちゃん、理世さんは今も生きていますか？」

「彼女は……黙ってます」

アリスはただ真っ直ぐな瞳で烏丸を見つめていた。

「さすがにそれは、わかりませんか」

残念そうに顔を曇らせる烏丸には、おそらく理世が生きている自信があったのだろう。

そのとき、僕は言いかけた言葉を飲み込む。アリスはわからないとは言っていない。

ダイスの目は変化しなかった。つまり彼女の返答は〝答えられない〟だ。

「……俺たちのやることは変わらねぇんだ。続けるぞ」

沈んだ空気を払拭するように広海が言う。

理世の生死はこの事件最大の問題で、避けては通れない質問ではあった。

「保城は一ヵ月かけて調査した後、有馬を殺害した。それはつまり、五年前の事件で有馬が犯人であるという確証が得られたからだろう。その確証が何かだが――」

「オニさん、異議ありです」

烏丸が広海を手で制した。

「アリスちゃんが、瀬川を突き飛ばして死なせたのは保城大地だと言っています。だから、五年前の瀬川の事件の犯人が有馬である確証なんて存在しません」

アリスの推理が絶対に正しいのであればその通りだ。初めに比べて、烏丸のアリスへの信頼が絶対なものになったことがそこから窺える。しかしながら、アリスが不実在探偵であり〝安楽椅子探偵ゆえの過ち〟に陥る可能性がある限り、「絶対に正しい」は存在しない。

それでも、今ここでは、アリスの推理が正しいという前提の下で推理を進めなければ、その正しさを証明することができないのも事実である。

「だが、保城が何の確証もなく有馬を殺したなんてことは、ありえねぇだろ。確証がなくていいなら、さっさと殺してるはずだ」

「……うーん、まぁ、それはそうなんですが。じゃあ、有馬殺害の犯行動機への手掛かりになりそうなものと言えば、有馬の口の中に入れられた小指ですかね？　それこそ、意味もなくそんなことしないでしょうし」

再び持ち上がった問題に、広海と烏丸は黙って頭を悩ませている。

「そういえば、保城がなんか妙なことを言ってたな……」

広海が何かを思い出そうとしている。

「なんのことです？」

「今朝訪問したときだ。奴は運命がどうとか、言ってなかったか？」

広海は上着のポケットからボイスレコーダーを取り出し、該当の部分を再生する。


『ここで俺を迷わせるのか』

『どういう意味です？』

『落ちたから、終わらせた。だから、俺はもうどうでもいいんだ。どうしたって結果は変えられない。もう終わらせるつもりだった。だが、そこに何の因果か、お前が割り込んできた。それなら、確かめてもいい。神様なんぞいなかったし、要らねぇと思うが、運命ってのはあるのかもしれん』


「……ああ、なるほどな。わかった」

広海は深く息を吐くと、手をあげた。

「不実在探偵、保城の言った神様とは〝解き明かす者《アンサラー》〟のことだな？」


「ハイ」

「やっぱりそうか。保城は〝解き明かす者《アンサラー》〟なんていなかった。つまり、この世の全ての謎に答えられる神様なんて存在しなかったって言ってるんだ」

「それがなんです？」

「なぜ保城が〝解き明かす者《アンサラー》〟である理世との対話後、一ヵ月も調査をしていたのか」

「有馬が犯人である確証を見つけるためですよね？」

「ああ、どんなに情報を集めても理世には謎が解けなかったからそうせざるを得なかった。だから、神様なんていなかった、と言っている。でも、保城は『落ちたから、終わらせた』とも言っている。有馬が犯人である確証と呼べるような証拠ってなんだと思う？」

烏丸はそこまで言われて、ようやくわかったらしい。

「自白《おちた》ってことですか？　物証がないから、犯人に口を割らせた？」

「その通りだ。そこでなぜ、有馬の右手の小指が切断されていたのか、だが」

広海が手をあげた。

「有馬は保城に拷問による自白を強要された？」


「ハイ」

「結局、保城は確証を得られなかったんだよ。一ヵ月の調査も無駄足だった。だから、いよいよ切羽詰まり、帰宅中の有馬を攫って、自白を強要した。しかし、有馬は五年前の事件の犯人は大地だと言い張る。事実、そうだったから当然だろう。でも、保城はそれで納得しなかった。有馬の指を切断した上で、さらに聞いたわけだ」

「小指の切断は無理やりにでも口を割らせるため？」

烏丸は苦虫を噛み潰したような顔をしている。

「そうだ。小指を選んだのは、それが尋問ではなく拷問だったからだ。一番ダメージの小さい小指から始めて、薬指、中指と段々被害を大きくしていく。拷問の基本だ。そうした方がより効果的だからな」

事実なのであれば、狂気としか思えない。

「だが、有馬は小指だけで心が折れてしまった。普通の人間ならそれが当然だ。そのような残虐な行為には耐えられない。だから、助かりたい一心で認めたんだ。五年前の事件の犯人が自分であることをな。もしかしたら、真実がどうであれ、鳥羽の事件の犯人であることも認めたのかもしれない」

「……嘘の自白、ですね。でも、拷問で自白させても証拠にはなりません。刑事だった保城には、それくらいのことわかっていそうですが」

「ああ、そこに正当性なんか存在しない。でも、それこそが、有馬殺害の理由になってしまった」

広海は嘆息して続ける。

「拷問による自白は証拠にはならない。だから、司法の手に委ねず、保城は自分の手で裁いたんだ。遺体を埋めるときに、切断した小指をどうするか考え、口の中に放り込んだのは、自分の息子の死に様を思い出したからだ。切断された小指の理由は拷問、口に入れられていた意味は復讐。その残虐さから窺えるのは、真実の追求を隠れ蓑にした、ただの復讐心だ。息子が死んだ恨みや悲しみを、どこかで発散したかった。それだけだろう」

顎に手をやって彼は考え込む。

「……しかし、保城はなんで俺に確かめてくれって言ったんだ？　奴は、結果は変えられないし、もうどうでもいいとも言っている。それなのに、何を確かめろと言うんだ」

「自分の行動が正しかったこと、でしょうか？」

「違うな。自分の行動が間違ってるのはわかっていたはずだ。だから責任を取って、自殺しようとしてたんだろ……いや、その発言の前に『ここで俺を迷わせるのか』とも言ってるな。あの段階で何を迷うことがあるんだ？」

ぶつぶつと呟いていた広海は急にハッとした顔になり、勢いよく立ち上がった。

「おい、不実在探偵、間に合うのか!?」

「彼女は黙ってる」

アリスは目を閉じていた。

僕には彼女が祈っているようにも、悲しんでいるようにも見えた。

「オニさん、それどういう意味です？」

「有馬が犯人だったから推理ミスをした理世を殺す。よく考えたら、おかしいだろ。たかが推理ミスで理世を殺すか？　しかもそれは自分が持ってきた情報が間違ってたせいだ。彼女に一体何の責任があるというんだ」

「そう言われたら確かに。理世さんが殺されるほどの罪を犯したとも、保城が殺したいほど憎んでいたとも思えません」

「いいか、もう一回聞くぞ」

　再び広海はボイスレコーダーを再生させる。


『落ちたから、終わらせた。だから、俺はもうどうでもいいんだ。どうしたって結果は変えられない。もう終わらせるつもりだった。だが、そこに何の因果か、お前が割り込んできた。それなら、確かめてもいい。神様なんぞいなかったし、要らねぇと思うが、運命ってのはあるのかもしれん』

「奴は『それなら、確かめてもいい』の後にこう言っている。『神様なんぞいなかったし、要らねぇと思う』だ。この神様ってのは理世のことだろ？　つまり、神様が必要なのかどうかを確かめろって言ってんじゃねぇのか？　復讐を果たした奴にとっては、理世のことは『もうどうでもいい』。殺す、殺さないじゃなくて、この世界に必要か、必要でないか。俺たちがそれを確かめていいと言っている」

烏丸がパッと顔を輝かせる。

「それなら『お前が割り込んできた』って言葉の意味も通ります。理世さんが死ぬのは、少なくとも有馬が犯人であると判明して殺された後です。順番としては、有馬の殺害、そして、理世さんの死亡。その間に、我々が割り込んだ。もしそうなら、理世さんはまだ生きていることになります」

「ああ、警察に捕まった保城が理世に直接手を下すことはもう不可能だ。それでも彼女の生殺与奪の権を奴が握っている。どうすれば、保城が理世を間接的に殺せるかだが……」

広海は少し考えてから言う。

「理世が現在、監禁状態にあると考えたらどうだ？　元々引きこもりなんだ。一緒に調査してた、キープされてた、どちらにせよ、彼女は外に出るのを嫌がったはずだ。もし、そうなら、保城が自殺すれば彼女は監禁されたままになる。それは彼女の死を意味する」

「それですよ！　間違いありません」

「今からすぐに保城を取り調べるぞ。五年前の事件を担当した刑事も同席させて、保城大地が自白していたことを明らかにする。あの事件は大地が犯人だったことを保城にわからせるんだ。聴取はお前に任せる。どんな手を使ってでも、絶対に、有馬の殺害が過ちだったことをわからせろ。お前の腕にかかってる。頼んだぞ」

「任せてください。聴取も推理も得意です」

「ウツツ、助かった。あとで連絡する」

二人の刑事は、慌ただしく出て行った。

※

『私が名探偵になるから、君は助手をやってくれる？』

彼女が口にしたその言葉だけは、忘れられない。


僕は蓋の開いた黒い箱を手に、リビングにある二人掛けソファの右側に座る。

パズルのピースが揃ったのだと思う。

だから、僕は確かめなくてはならない。

幼い頃から、僕の実生活には幻想が入り混じっていた。

他人には見えないものが、僕には見えている。それは霊的なものではない。

全て僕が創り出した妄想だ。

そんな僕を脳科学者である父は研究していた。治療のためでもあったのだろう。物心つかない頃から、僕は父と共にシラヤマ脳科学研究所に通っていた。

そこで僕は、彼女に出会った。

たぶん、出会ったのだと思う。

あの頃、父の死や色んなことが重なって精神的な負担がかかっていた僕の記憶はあやふやだ。今でもうまく思い出せない。ただでさえ、幻想が入り混じっているのだ。どれが現実で、どれが虚構なのかすら、わからないでいる。でも、僕がイマジナリーフレンドと遊んだのは、シラヤマ脳科学研究所の中だったことは確かだ。

広海と烏丸の推理は見事だった。だが、口にこそ出さなかったけれど、その推理は正しくないのではないか、という思いで僕はずっと聴いていた。口を挟まなかったのは、彼らが辿り着く答えの邪魔になると思ったからだ。

最大の違和感は、なぜ保城が有馬を拷問にかけてまで殺害したか、である。

調査をしても確証が摑めず、有罪が立証できなければ、どんなに怪しかろうと有馬は無実だろう。訓練された兵士でもない有馬が、拷問から逃れるために嘘を吐くことなんて、容易に想像できたはずだ。そんなことで真実が明らかにできるはずがない。保城が自殺を考えたのは、拷問による自白の強制が間違った選択であると理解していたからこそだ。

それでも、保城は引き下がれなかった。

そこに理由があるとすれば――

『彼女は人の心が読めるんだ。だから、殺されるとわかっていて外には出ない』

あの言葉は僕の本心だ。そう願っていたからこそ、言った。

大神理世にとって〝解き明かす者《アンサラー》〟であることは、どれだけの意味を持つことだったのだろうか。

話を聞いて対話をするだけで、あらゆる謎を解き明かす神様。教会の奥で、パソコンを前にリクライニングチェアに腰かけた安楽椅子探偵〝解き明かす者《アンサラー》〟。しかし、保城によって彼女は、安楽椅子探偵がひどく危うい名探偵であることに気づかされてしまった。

だから、彼女は安楽椅子探偵であることをやめた。

そんな自分のことをどう思っていたのだろう。

名探偵ではない自分。

何者でもなくなった己に絶望していたら?

殺されるとわかっていて外に出たとは考えられないだろうか。

失踪して一ヵ月、理世の姿は誰にも目撃されていない。

『ああ、性根は腐っても保城は元刑事だ。疑わしいだけで人を罰することはないだろう。有馬の身辺調査をしつこくやって犯人である確証を得ようとしてるのがその証拠だ。殺すにしてもそうするだけの確証があってのことに違いない』

広海はそう言ったが、実際はどうだったか。

結局、疑わしいというだけで有馬を殺害した。確証もなく、罰を下した。
彼は筋が通らなくても、人を殺害することができる人間なのだ。

『アリスちゃん、理世さんは今も生きていますか？』

烏丸の質問に、アリスは答えなかった。
そこはワカラナイでもよかったのではないか。
実際に、生きている証拠も死んでいる証拠もないのだ。
でも、彼女はハイともイイエともワカラナイとも関係ナイとも返答しなかった。
答えたくなかったから答えなかったのだとしたら？

そして、思い出してほしい。
一ヵ月前に、突然、僕のところに不実在探偵が現れたことを。

保城が有馬の殺害をやめられなかった理由。
それは一ヵ月前、誘拐してすぐに理世を殺してしまったからではないだろうか。
彼にはどうあっても、有馬が犯人でなくてはならなかった。
そうでなければ、理世の殺害が間違いだったことになる。

それは取り返しのつかない過ちだ。
だから、拷問にかけてまで、彼を犯人に仕立て上げなくてはいけなかった。
保城は追い詰められて、狂気に陥ったのだ。

『私が名探偵になるから、君は助手をやってくれる？』

君がここにいるのは――
あの約束を果たすためだった？
死んだ君は魂だけになって僕のところにやってきたのではないか。
君は、僕を救うために存在していた空想の友人《イマジナリーフレンド》ではなかった。
けれど、君はかつて僕を救ってくれた、僕の初めての友人。

「君は、大神理世ですか？」

僕の腰かけた二人掛けソファの左隣には人の姿がある。
おそらく、その姿は正しいものに変化しているだろう。
白いワンピースではなく、藍色の――

君が、僕のところにやってきたときすでに、僕は君を救えなかった。
それでも、できることなら、僕は君を助けたかった。
そして、彼女は、僕に微笑みかける。

エピローグ

「〝2《イイエ》〟」


長い黒髪に白いワンピース。僕と同じくらいの年齢。腰かけたソファに片肘をつき、不敵な笑みを浮かべ、僕に視線を向けている。特徴的なのは、こちらの心のうちまで見透かすような、まっすぐな強い眼差し。

ありとあらゆる謎を解く、名探偵。

迷宮入りの難事件は出口への光明を灯し、連続殺人事件は阻止する。

物語に登場する非実在な、幻想世界の住人。

それが今、僕の目の前にいる。

彼女は幻想であるがゆえに、筆舌に尽くしがたい美貌を備えていた。

僕やあなたが思い浮かべる、理想の名探偵の、超然とした微笑を浮かべて。

「……だったら君は、誰なんだ?」

その問いに彼女は答えられない。

でも、僕はそう問わずにはいられなかった。

確信のあった推理が間違いだったのだ。

では、不実在探偵は何者か。

まるでゴール手前で振り出しに戻されたようだったが、そうとも言い切れない。

僕が推理をはずしたことで、彼女は僕の妄想の産物ではないことがはっきりしたからだ。もし、彼女が僕の妄想の産物なのであれば、僕が導き出した答えに〝1《ハイ》〟と答えたはずである。

さらには、何もかもが不明だった最初に比べて、今では彼女の姿が見えるようになり、人間らしい表情の変化さえわかるようになってきている。〝1《ハイ》〟や〝2《イイエ》〟程度のコミュニケーションでも、それを繰り返すことで、僕には彼女の人となりがわかってきたからだろう。何を肯定し、何を否定するのか。そこに個性がある。少しずつながら、彼女の正体に近づいていることは間違いない。そして、彼女が僕の前に現れたことにも、必ず意味があるはずだ。

これはあのときと同じ推理ゲームなのだろう。

君が名探偵で、僕が助手。

不実在探偵は何者で、どうして僕の前に現れたのか。

彼女が名探偵であることが、最大の手掛かりである。

それならば不実在探偵が名探偵として、これからも難事件に挑んで解決し続けること。それがこの謎を解く方法であると信じて、僕は助手の役割を果たそうと思う。

答えは黒い箱の中にある。
全ての謎《ミステリ》は、青く美しいダイスが解き明かしてくれることだろう。
何より、君が誰なのか、僕は知りたい。
その後、広海から、監禁されていた大神理世が無事に救出されたとの連絡が入った。

初出
第一章「不実在探偵と死体の花」小説現代2021年9月号
そのほかはすべて書き下ろしです。

井上悠宇（いのうえ・ゆう）
２０１１年「思春期サイコパス」でスニーカー大賞優秀賞を受賞し、翌年『煌帝のバトルスローネ！』でデビュー。著書に「城下町は今日も魔法事件であふれている」シリーズ、『きみの分解パラドックス』『さよならのための七日間』『やさしい魔女の救いかた』「誰も死なないミステリーを君に」シリーズがある。

不実在探偵《アリス・シュレディンガー》の推《すい》理《り》

２０２３年６月26日　第一刷発行
２０２３年８月22日　第二刷発行

著者　井上悠宇《いのうえゆう》
発行者　髙橋明男
発行所　株式会社　講談社
〒１１２-８００１　東京都文京区音羽２-12-21
電話　（出版）０３-５３９５-３５０５
（販売）０３-５３９５-５８１７
（業務）０３-５３９５-３６１５
本文データ制作　講談社デジタル製作
印刷所　株式会社ＫＰＳプロダクツ
製本所　株式会社国宝社

ISBN 978-4-06-531454-8
N.D.C.913 278p 19cm

KODANSHA